5, rue des Aubépines

**

E. BOUTEVILLAIN-WEISROCK

SUZANNE

Roman

Éditeur : BoD-Books on Demand
12-14 rond-point des Champs-Élysées, 75008 Paris
Impression : Books on Demand, Norderstedt, Allemagne

ISBN : 9-782322252152

Dépôt légal : Septembre 2020

Le temps use l'erreur et polit la vérité.

Duc de Lévis, Maximes, préceptes et réflexions, X.

Déjà parus

Les Contes de Zattise Zeqwestchen. Illustrations Alain Catherin.

Les Contes de Zattise Zeqwestchen, L'inquisiteur, tome 2. Illustrations Alain Catherin.

Nouvelles 2018.

5 rue des Aubépines. Tome 1, Paule

AVERTISSEMENT

Les marques citées Kinder™, Coca-Cola™, Bromazépam®, Mercurochrome®, Baume du Tigre® les noms des banques telles Rothschild, JP Morgan Chase, les marques de voiture sont là pour donner de la crédibilité aux personnages, permettre au lecteur de mieux cerner le caractère des personnages et ancrer la fiction dans son époque. L'objectif de l'auteur n'est pas, et n'a jamais été, de porter atteinte à la notoriété des marques citées.

Toutes les communes, le Jura, l'époque historique sont des éléments vrais.

2017

Août

– *Paule Maréchale de Saint-Jean, vous êtes insupportable !*

– Et vous, vous êtes dans mon plat de carottes râpées !

– *Paule, s'il vous plaît, écoutez-moi.*

– Mais je vous écoute !

– *Non, vous êtes prise dans vos pensées.*

– Très bien.

Elle posa sa fourchette et regarda Auguste droit dans les yeux.

– Là, je suis tout ouïe.

– *Ne vous moquez pas.*

– Je ne me moque pas. Je vous écoute.

Il se racla la gorge.

– *Bon. Voilà. Du temps de mon vivant, je fréquentais… Je fréquentais… Oh et puis zut ! Je fréquentais une maison close. Ne me jugez pas !* ajouta-t-il la voyant froncer les sourcils.

Elle leva les mains en signe de paix.

– *Donc, je fréquentais une maison dans laquelle travaillait Suzy Suzette. J'étais un de ses habitués et un soir comme elle savait que j'écrivais pour Willy, elle m'a demandé si je ne pourrais pas un jour raconter sa vie. Et j'ai promis. Le temps a passé, elle est morte en 1899 sans que j'aie écrit une seule ligne. Sans que je sache quoi que ce soit sur elle d'ailleurs. Et sans que je cherche à savoir quoi que ce soit sur elle, j'ai continué ma petite vie et j'ai oublié ma promesse. Quand je suis mort, elle m'a entendu faire mon barouf là-haut et elle s'est rappelée à mon bon souvenir. Je n'ai jamais eu autant honte de ma vie que lorsque j'ai dû lui avouer que je n'avais rien écrit sur elle. Je ne sais pas ce qui m'a fait le plus de mal, son regard triste ou le ton de sa voix quand elle a dit « non, mais c'est pas grave ».*

Il se tut.

– J'aimerais comprendre. Vous m'aviez dit ne pas être entré au paradis, alors comment avez-vous fait pour rencontrer Suzy Suzette ?

Il rentra la tête dans les épaules.

– *Elle a refusé d'y entrer en prétextant que j'aurais sans doute besoin d'elle pour écrire ses mémoires et qu'elle voulait être disponible pour cela. C'est pour cela que j'ai besoin de vous,* reprit-il. *J'ai fait une promesse et je ne l'ai pas honorée. Soyez mes mains ! Accordez-moi une heure de votre temps, une heure par semaine pour vous dicter mon livre. Juste une heure pour que je me rachète et que Suzy puisse dormir en paix.*

Paule le regarda avec attention avant de répondre.

– Auguste, vous avez vu mon emploi du temps…

– *Juste une heure. J'ai tout organisé. Au lieu de partir dans le Jura le samedi matin, on part le vendredi soir.*

On arrive, on fait ce qu'on a à faire et quand vous êtes prête, Suzy débarque, elle vous raconte, vous prenez des notes et après je vous dicte.

– Une petite minute, Suzy débarque ?

– *Ouiche ! J'ai eu l'autorisation*, fanfaronna-t-il.

– Je rêve !

– *Non, mais c'est parce que son fil de mort devient long et il traîne par terre. Ce qui commence fortement à agacer Morta et quand on l'agace, on peut le payer cher. Alors pour éviter une grève des Parques, j'ai négocié.*

– Son fil de mort traîne...

– *Voilà.*

– Vous savez, il y a des jours où je me dis que vous n'existez pas et que c'est la douleur d'avoir perdu ma fille qui me fait disjoncter.

– *Je suis pourtant bien là et même si vous souffrez terriblement, vous ne disjonctez pas. Enfin, je me permets de vous rappeler que je ne roule pas dans une 403 datant de Mathusalem ; que je n'ai pas un médecin qui bave dès qu'il me voit ; que je n'ai pas un chat qui se prend pour un sphinx ; que mon bureau d'analyste financier n'est pas installé à côté de celui d'un proctologue. Je dirais donc que dans tout l'univers qui vous entoure, je suis sans aucun doute la seule personne sensée.*

– Je ne suis pas sûre d'être capable de prendre des notes, confessa-t-elle après un temps.

– *Mais si ! Vous le faites tous les jours !*

– Ce sont des données chiffrées que je capte, pas des récits.

– *Vous verrez, c'est un coup à prendre.*

– Si vous le dites.

– *Vous acceptez ?*

– On peut faire un essai.

– *Oh ! Merci ! Merci ! Vous savez, j'ai été un raté toute ma vie. Si, si ! Je voulais être ténor et je suis baryton.*

– C'est bien baryton.

– *Oh pitié ! Paule ! Donnez-moi un nom de baryton ! Vous voyez, aucun nom ne vous vient à l'esprit. Un nom de ténor ? Et là, c'est à la pelle ! Chez les femmes, c'est pareil. On ne retient que les sopranos.*

– Faux ! Béatrice Uria-Monzon et Cécilia Bartoli. Ce sont des mezzos.

– *Face à la Callas ?*

– Rien à voir.

– *Si. La soprano et le ténor sont les Rolls-Royce de la voix. Les autres, on est là pour faire joli. On ne joue pas dans la même écurie. C'est comme écrivain. Je ne suis pas un écrivain, je suis juste un « écrivaillon ». Je n'ai même pas réussi à percer dans ce domaine. Avez-vous lu mon nom dans les mémoires de Colette ou Willy ? Non. Je suis un inconnu. Suzy Suzette ne méritait pas le mépris que j'ai eu pour elle, continua-t-il. Je ne me suis pas intéressé à elle, pour moi, elle n'était qu'une poule qui, par son babillage et sa façon de me regarder, me donnait l'impression d'être quelqu'un d'important. Mais* moi, j'ai fait comme tous les autres : j'ai ignoré l'être humain qu'elle était. Je suis un égoïste.

– Vous étiez, mon ami, vous étiez. Mais il me semble que c'est un être tout autre qui vit avec moi.

– Je vais mettre cela au bénéfice de la mort, s'amusa-t-il. Vous m'auriez connu de mon vivant, vous ne m'auriez pas adressé la parole. Si ! J'étais présomptueux, volage, égoïste, drôle aussi, mais totalement enfermé dans un univers réservé à l'élite. Élite à laquelle je croyais appartenir par pur orgueil, par fantasme. Les arts ont leur propre univers ; la politique ou la finance, c'est la même chose. La couturière du coin, les tombereaux qui passent pour ramasser les ordures, les malades, tout ça n'avait pas notre intérêt. On vivait dans notre monde de fleurs bleues, de coups bas aussi, mais dans l'entre-soi. La vie du commun des mortels n'était pas notre affaire. Et je crains bien que ce soit toujours le cas. L'artiste a beau être inséré dans la société, il n'en connaît les affres qu'à cause d'un salaire incertain. Malgré tout il est persuadé d'appartenir à une caste particulière. L'écrivain attend un prix ; le danseur attend de devenir une étoile ; le chanteur espère des salles pleines ; le scénariste, une récompense ; l'acteur des prix, un cachet énorme et une foule qui scande son nom. Je ne sais pas si nous étions en quête de gloire. Je crois qu'on recherchait, à mon époque, avant tout l'argent porteur de bien vivre et symbole de gloire. On attendait qu'on parle de nous. Aujourd'hui, la société est tellement anonyme qu'on veut se démarquer à tout prix. Le but n'est pas tout à fait le même, le moyen est identique. Vous savez, je suis impatient que nous ayons terminé de rédiger pour voir ce qu'il est devenu du monde de l'édition.

Assise dans son canapé, Paule sirotait son café tout en écoutant avec attention son colocataire.

– Vous croyez qu'on aura la gloire ? le taquina-t-elle.

– *Nous allons écrire, Paule, et vous n'imaginez pas les conséquences qui peuvent naître de cet exercice. On remplit d'abord une page, puis une deuxième, une troisième, et après on relit et on se dit c'est bon. Puis on se rend compte, quelques jours plus tard, qu'il manque un truc. Alors on rature, on reprend. À nouveau la première page, puis la deuxième puis la troisième et après vient une quatrième. Et on va de nouveau raturer. Ensuite vient l'étape de la relecture. On relève des fautes inimaginables qui nous apportent le doute quant à notre maîtrise de l'orthographe ou de la grammaire ; on modifie des expressions que l'on trouve moches ; on supprime des paragraphes complets que l'on trouve niais, on en rajoute des que l'on trouve fabuleux, que le lendemain on va trouver niais. Une fois que tout cela est terminé et que, finalement, on est à peu près satisfait du labeur qui a été le nôtre, on cherche à se faire lire. Pour avoir un avis. Surtout pour se conforter dans l'idée que l'on sait écrire. Et croyez-moi, ma petite Paule, ce moment est le pire. Si c'est mauvais, personne ne vous le dira à part quelqu'un qui ne vous connaît pas et qui n'a rien à gagner ou à perdre à vous le dire ; si c'est bon, on vous dira « oui, mais » et là, il faudra de nouveau retravailler le texte sur lequel vous avez déjà travaillé moult fois. Et le final, c'est l'éditeur. Et je ne suis pas sûr que ce soit le meilleur moment quand les seules réponses que vous recevez sont négatives.*

– Willy refusait certains de vos textes ?

– Non, il me demandait de les réécrire, de changer tel mot, telle expression, de rajouter trois pages, d'en supprimer quatre. Il était très exigeant, mais il savait ce qu'il faisait. Je n'étais qu'un sous-fifre dans son système.

Il soupira.

– C'est dur d'être dans l'ombre de quelqu'un et de ne recevoir que des refus. Je parle de l'opéra. Je n'ai jamais essayé d'éditer à mon nom puisque je travaillais pour Willy, mais à l'opéra combien d'auditions ai-je passées que j'ai toutes ratées.

– Auguste ! Vous vous présentiez à des rôles de ténor alors que vous êtes baryton !

Il lui sourit.

– Oui, hein ? Quel idiot. Il n'empêche qu'on ne me proposait pas plus les rôles de baryton.

– Parce qu'ils étaient sans doute déjà pris.

Il s'arrêta de faire les cent pas et regarda Paule comme s'il la découvrait pour la première fois.

– Mais oui ! Quelle quiche ! Je n'ai même pas pensé à cette éventualité ! Ça se trouve, j'aurais fait une brillante carrière de baryton.

– Je n'en ai aucun doute.

– Mouais. Vous n'êtes pas metteur en scène d'opéra.

– Non, mais nous y sommes souvent allées avec Noémie.

– Et vous alliez voir quoi ?

– Noémie adorait Wagner. Ne me demandez pas pourquoi une gamine de dix ans est en extase devant Wagner, cela restera pour moi un mystère. Nous sommes donc allées à Bayreuth.

– *Non !* lâcha Auguste admiratif.

– Si. Imaginez la tête de Bastien. La seule musique pour lui, c'était les sixties et le rock, plutôt métal. Il n'est pas venu à l'opéra, mais en attendant, à force de déambuler, il connaissait la région par cœur. C'est bien les Nibelungen, mais il faut quand même être motivé.

– *C'est dingue, Wagner. Une gosse.*

– Oui. Son prof de piano m'avait expliqué que c'était sans aucun doute l'orchestration qui devait fasciner Noémie.

– *Bah quand même.*

– D'autant plus qu'au piano, elle adorait jouer Tchaïkovski.

– *Rien à voir.*

– Tout ça pour dire que les voix de baryton sont les plus agréables avec celles des basses. Noémie avait une préférence pour les... Et quel est le nom pour les castrats ?

– *Les contre-ténors.*

– Voilà, les contre-ténors.

– *Rien à voir avec Wagner.*

– Non, rien.

– Vous verrez, Paule, quand vous aurez rencontré Suzy Suzette, vous aurez envie de raconter son histoire. Et on écrira quelque chose de merveilleux.

– En attendant, j'ai mon rendez-vous qui va arriver donc si vous voulez bien m'excuser.

Elle quitta l'appartement non sans avoir auparavant accordé ses dix minutes de caresses à Émeraude qui, une fois sa maîtresse partie, se faufila jusqu'à la chambre et s'installa confortablement sur le lit.

– Pas étonnant que les chats aient neuf vies, grommela Auguste, *ils passent leur temps à roupiller.*

Le vendredi soir, Paule partit à Neublans où elle arriva aux alentours de 21 h 30. Titine et Jojo ayant reconnu sa voiture aboyèrent et firent sortir le colonel.

– Paule ! cria-t-il depuis sa grille. Tu arrives déjà ?

– Oui, comme ça, je pourrai me lever tard !

Le colonel éclata de rire.

– C'est très bien ! Tu manges avec nous demain ? Je vais chercher maman.

– D'accord !

– *Il est rigolo, lui, il crie depuis sa grille,* s'amusa Auguste. *À croire qu'il veut inviter tout le monde !*

Paule fit du feu, s'installa rapidement et, à 22 h 30, elle était prête pour la visite de Suzy Suzette.

– Paule ? fit une voix dehors.

– *Allons bon, voilà l'amoureux transi,* ronchonna faussement Auguste. Je vais la chercher, *mais ne vous éternisez pas, on ne va pas mettre longtemps à descendre.*

Elle sortit et s'approcha de la grille pour ouvrir.

– Non, je ne reste pas. Je vais prendre ma garde à Dole.

Il la serra tendrement dans ses bras.

– Vous allez bien ?

– Oui et vous ?

– Ça va. J'ai trouvé mon rythme entre travail et repos. Et maintenant que je vous ai vue, cela ne pourra qu'aller mieux.

– N'importe quoi.

Il l'embrassa sur le front. Leur relation n'allait pas plus loin parce qu'ils n'en avaient pas besoin. Lui ne voulait rien brusquer et elle préférait se laisser porter sans attendre ni provoquer. Cette situation faite de tendresse leur convenait parfaitement. Peut-être un jour feraient-ils un pas de plus, mais, pour l'instant, ils profitaient de chaque rencontre pour se découvrir un peu plus.

– Bon, j'y vais. Soyez sage. Et pas de carabistouilles !

– Mais je suis sage !

– Mouais.

Il partit tout joyeux pour les urgences de Dole qui l'attendaient avec une certaine impatience.

– *Ah ! La voilà. Suzy Suzette, je te présente Paule. Paule, je vous présente Suzy Suzette.*

– Bonsoir, fit Paule.

– *'Soir,* répondit Suzy Suzette après une petite révérence.

Elle était gauche dans cette salle ; elle ignorait ce qu'elle devait dire, faire et pourquoi elle était là.

– *Donc voilà, Paule va être mes mains.*

Suzy Suzette le regarda sans comprendre.

– Elle va écrire ton histoire.

L'ancienne catin se retourna violemment vers Paule.

– Vous allez raconter ma vie ?

– Si vous le voulez, oui.

– Si je veux ? Du diable, si je veux ! Mince alors ! C'est trop incroyable ! Mince ! Raconter ma vie ! Et vous allez dire quoi ?

Paule lui sourit.

– Je vais écrire ce qu'Auguste me dictera, mais avant il faut que vous me racontiez cette vie qui fut la vôtre. Je vais prendre des notes et après Auguste fera le texte.

Suzy Suzette regarda attentivement Paule. Les deux femmes étaient en tout point opposées. Paule avec ses cheveux d'un blanc immaculé et Suzy Suzette d'un rouge flamboyant. L'une en jeans et T-shirt et l'autre en robe à froufrou de couleur délavée. L'une en bonne forme physique et l'autre avec la peau sur les os.

– Je sais pas si je saurais raconter, avoua-t-elle.

– Commencez par me raconter votre enfance. Simplement les souvenirs qui vous viennent à l'esprit.

– Comme ça ? Comme ça me vient ?

Paule acquiesça. Un torrent de paroles déferla dans la maison de Suzanne. La prostituée se mit à parler, parler, parler avec sa gouaille parisienne. Paule eut du mal à suivre le débit rapide de la jeune femme à tel point qu'elle renonça à prendre des notes et se contenta de l'écouter. Une fois Auguste et Suzy partis, elle rédigea rapidement les éléments qu'elle avait retenus et qui lui semblaient importants, puis monta se coucher et s'endormit comme une masse.

– *J'aurais peut-être dû préciser que Suzy Suzette était un moulin à paroles*, dit pensivement Auguste en voyant son amie profondément endormie.

Elle ne se réveilla qu'à dix heures et prit son temps avant de devenir un peu plus active.

– Bon, il est temps de gérer la cave.

Paule avait été mandatée par ses parents pour faire l'inventaire des biens de la maison que les enfants Maréchale s'étaient décidé à mettre en vente. Ses parents avaient commencé de répertorier les biens de Suzanne, mais, un matin, Pierre s'était senti mal et le médecin ayant diagnostiqué un surmenage, ils avaient renoncé à poursuivre. Leur fille avait pris alors le relais et avait été particulièrement efficace. Elle avait récupéré les plans chez le notaire ; mesuré et pris en photo les meubles tandis qu'Edmond, son neveu, informaticien par passion, mais fleuriste de profession, s'était proposé pour créer les fichiers informatiques à envoyer aux oncles et tantes afin que chacun choisisse ce qu'il souhaitait garder. Il ne restait plus en ce mois d'août que la grange et la cave. Motivée, Paule ouvrit la porte, chercha l'interrupteur et alluma. La cave était comme toutes les caves de ferme : les voussettes basses au niveau des escaliers étaient soutenues par des poutres en chêne massif et le sol était fait de terre meuble. Alors qu'elle allait poser le pied sur la deuxième marche, un mouvement furtif dans le fond de la cave l'alerta. Surprise et décontenancée, elle rata la marche et son front heurta la poutre située un peu plus bas. Sous la violence du choc, elle perdit l'équilibre et chuta aux pieds des escaliers. Par réflexe, elle essaya de se relever, mais perdit connaissance. Auguste, attiré par le bruit, se mit alors à l'appeler puis à hurler son nom. Affolé de la voir sans vie, il se mit à tourner dans tous les sens, vola dehors, mais ne vit rien ni personne. Il appela, cria jusqu'à ce qu'il se rappelle que la seule personne à l'entendre était dans la cave. Au milieu de sa panique, il vit arriver une auto qui se gara devant chez Paule et courut jusqu'à l'homme qu'il reconnut comme étant oncle Raymond.

– *Raymond ! Raymond ! Elle est dans la cave ! Dans la cave !*

Oncle Raymond, lui, s'étirait avec fort peu de grâce, mais grand plaisir devant la grille.

– Oh ! Gamine ! Tonton est là ! cria-t-il d'une voix forte.

Le silence lui répondit. Auguste hurlait toujours que Paule était dans la cave et son impuissance à être entendu le mit dans une colère noire.

– Paule ! appela de nouveau Raymond accoudé à la barrière.

Devant l'absence de réponse et de mouvement, il se redressa et insista une nouvelle fois. Soudain, son regard se porta sur la porte de la cave laissée ouverte. « Ah, bah oui, forcément, elle ne m'entend pas ». Il klaxonna en vain. Les mains sur les hanches, il se mit de nouveau à appeler sans plus de succès. Mû par un soupçon, il ouvrit son coffre, sortit une tenaille et coupa la chaîne qui fermait la barrière. Rapidement, il atteignit l'entrée de la cave, laissa son regard s'habituer à la semi-obscurité et vit sa nièce recroquevillée au pied des escaliers.

– Merde !

Il descendit prudemment baissant la tête pour éviter de se cogner, s'agenouilla près d'elle et avec une certaine angoisse lui prit le pouls. Constatant, avec soulagement, qu'il battait à peu près normalement, il dégaina son téléphone et remonta pour appeler les secours.

– Attendez, faut que je redescende, le téléphone ne passe pas dans la cave. Oui, elle respire correctement, mais je crois qu'elle s'est assommée... Parce qu'elle a une entaille sur le front qui saigne... Non, je ne la touche pas. Oui, je lui parle.

Il donna l'adresse, raccrocha et laissa le téléphone dehors au cas où.

– Paule, appelait-il doucement, Paulinette. Il est l'or, l'or de se réveiller. Allez, ma belle, réveille-toi. Allez.

Doucement, il lui tapotait les joues.

– Allez, ma belle, ouvre les yeux.

Un gémissement très léger se fit entendre.

– Ah ! Voilà, c'est bien. Tu ouvres doucement les yeux, c'est tout. Tu n'essaies pas de bouger.

Lentement, avec difficulté, Paule entrouvrit les paupières. Elle voulut parler, mais n'en eut pas la force.

– Non, ma puce, n'essaie pas de parler. Les secours arrivent. Tu as dû te cogner et tu es tombée.

Petit à petit guidée, par la voix de son oncle, Paule reprit ses esprits. Tentant de se lever, elle ressentit une violente douleur à la tête et eut l'impression que son corps ne lui répondait plus. Ce dernier, cependant, se rappela à elle en émettant des signaux douloureux qu'elle extériorisa par de courtes plaintes.

– Tout va bien, ma puce, tout va bien. Tu vas avoir une belle bosse et ça n'ira pas plus loin.

Du moins essaya-t-il de se convaincre. Se sentant un peu mieux, elle se redressa sur un coude, mais la douleur à la tête fut tellement forte qu'elle vomit.

– C'est bien, ma grande. Vomis. Ça fait du bien. C'est ça, laisse sortir. Oui, ça pue, mais on s'en fiche.

Auguste regardait ce géant éclaboussé de vomi rassurer sa nièce. Le spectacle, malgré la situation, était attendrissant.

– Tu peux parler un peu ?

Elle acquiesça doucement.

– Tu t'appelles comment ?

Elle mit du temps à répondre, non pas parce qu'elle ne savait pas, mais parce que sa tête lui faisait très mal. Elle articula péniblement ses nom et prénoms. Les secours lui posèrent la même question en ajoutant la date et le lieu où elle se trouvait. Elle fut emmenée aux urgences de Dole où elle attendit sur un brancard pendant trois heures dans un couloir, oncle Raymond à ses pieds et Auguste à ses côtés. Le vieil homme se tenait au garde-à-vous sans parler, seulement quelques mots pour la rassurer.

– Bon, vous allez rester longtemps comme ça ? rouspéta une infirmière. C'est pas comme si on ne faisait pas notre travail !

Piqué au vif, oncle Raymond, du haut de ses deux mètres zéro trois, répliqua :

– J'ai promis, il y a plus de quarante ans, sur les fonts baptismaux, de me consacrer à cette petite, de lui apporter joie et réconfort et de la protéger du malheur. Moi, aussi, je fais mon job !

L'infirmière ne sut que répondre et de toute façon, elle n'en eut pas le temps puisqu'un médecin arrivait.

– Ne vous fâchez pas Monsieur, nous sommes débordés et votre présence nous ne le montre que trop.

– Ah ! Mais moi je n'ai rien dit. J'attends, je fais de reproches à personne.

– D'accord, je vais l'emmener de l'autre côté pour l'examiner et là, vous n'avez pas le droit de venir.

– Faites. Moi, j'attendrai. Mais dehors, ajouta-t-il taquin à l'attention de l'infirmière.

Il sortit et passa tout un tas de coups de fil. Au colonel qui avait laissé bon nombre de messages, affolé de ne pas voir Paule, mais de trouver la maison ouverte ; à Justin ; à Antoinette qui ne put s'empêcher de pleurer et de s'accuser.

– Bordel ! Antoinette ! Elle s'est cognée dans une poutre ! Elle n'est pas morte ! Tu connais ta fille, bon sang ! Un vrai casse-cou. Et puis elle a vomi, c'est donc que ça va bien.

– *Décidément pour le tonton, le vomi est une valeur refuge*, commenta Auguste.

2 h 30 plus tard, l'infirmière qui l'avait tancé vint le voir pour lui dire que sa filleule était prête.

– Parfait. Et donc elle a quoi ?

– C'est au médecin de vous le dire.

– Ah oui, bien sûr.

Il attendit donc une heure que le médecin lui dise que Paule avait une grosse entaille qu'ils avaient recousue, que son scanner ne montrait aucun hématome sous-dural, mais qu'il voulait la garder en observation.

– Non, elle rentre avec moi.

– Ce n'est pas raisonnable.

– Je suppose que vous lui avez posé la question ?

– Oui.

– Et que vous a répondu ma nièce ?

– Qu'elle voulait rentrer.

– Donc, je la ramène. Et si ça peut vous rassurer, enchaîna-t-il, on a un médecin à domicile.

– Comment ça ?

– Son amoureux. Il est médecin.

– Il s'appelle comment ?

– Morgenstern.

Le médecin céda et demanda une décharge que Paule s'empressa de signer.

– J'ai dit que ton amoureux était médecin, fit-il en rigolant et en l'installant dans la voiture. J'espère qu'il l'est d'ailleurs, ajouta-t-il pour lui-même.

– Paule ?

– Dans sa chambre, fit oncle Raymond, sur le perron de la maison. Doucement, elle s'est endormie.

– Vous m'expliquez ? lui demanda Abe Morgenstern en lui tendant le papier donné par une infirmière.

Oncle Raymond sourit en lisant le document.

– C'est pas votre amoureuse peut-être ?

– Si ! Mais non ! Mais que lui est-il arrivé ?

– Elle est tombée.

Il lui raconta alors par le menu les péripéties du jour : la chute, les urgences, Marie Simone et Geneviève venues pour la laver et la coucher.

– Bien, je monte la voir et ensuite, j'irai chercher de quoi passer la nuit ici.

– Oui, chef, bien, chef.

La Générale, quant à elle, avait été profondément ébranlée par l'accident de Paule, ce dernier en rappelant un autre. À tel point que le colonel dut la ramener dans sa chambre à Pierre de Bresse où elle se coucha sans manger. Le lendemain, elle fit appeler le commandant.

– C'est urgent, commandant. Il faut que cela soit maintenant.

Raymond installa le hamac qu'il transportait toujours avec lui et passa la nuit dehors tandis que le docteur Morgenstern alternait les périodes de veille et de sommeil. Le lendemain matin, Raymond le laissa dormir et s'installa dans un fauteuil près du lit de sa nièce. Il fut donc le premier visage qu'elle vit.

– Tu aurais sans doute préféré ton amoureux à la place de ma vieille trombine, mais il n'a pas beaucoup dormi le petit gars, alors j'ai pris le relais.

Elle grimaça un sourire.

– Tu te sens comment ?

Elle leva un pouce qu'elle fit osciller.

– Oui. Mal au crâne, hein ?

Le pouce levé acquiesça.

– Aurais-tu faim ?

Pouce baissé.

– Soif ?

Pouce levé.

– J'aime bien discuter avec toi. C'est pas fatigant. Je vais te chercher ça.

Au moment où il atteignait la cuisine, il aperçut Ernest descendant de sa voiture accompagné de Julien, des parents de Paule et d'une jeune femme qu'il reconnut pour être la fiancée de son neveu.

– Eh ben ! Voilà l'artillerie lourde !

– *Je n'aurais pas dit mieux.*

– Doucement les gars, leur intima-t-il depuis l'entrée. Elle vient juste d'ouvrir un œil. J'allais lui apporter de l'eau.

– Du Coca™ ! cria Ernest. Donnez-lui du Coca™.

– Comme tu veux mon gars, mais je n'en ai pas.

– Nous si !

Et devant les yeux éberlués de Raymond, Julien et Ernest levèrent les bras chargés de victuailles.

– Je vois que tu connais bien ta copine, toi. Antoinette, je te laisse la primeur d'apporter du Coca™ à ta fille. Et ne crie pas en la voyant, c'est assez moche, mais cela n'est pas grave.

Antoinette embrassa son frère et monta, accompagnée de son mari Pierre.

– Alors gamin, tu viens voir ta cascadeuse de sœur, fit Raymond en embrassant son neveu.

– Bonjour, oncle Raymond ! Elle n'en rate pas une, tout ça pour qu'on finisse la cave à sa place.

Raymond éclata de rire.

– Figure-toi que je me suis dit la même chose. Madame, salua-t-il Clarisse.

Cette dernière embrassa l'oncle de son compagnon et suivit Julien dans la cuisine afin de déballer les sacs. Ernest, de son côté, embrassa affectueusement tonton Raymond.

– Le doc n'est pas là ?

– Si, il dort. Il a veillé Paule toute la nuit.

– Ah, j'aime mieux ça.

– Il est bien gentil.

– Il a plutôt intérêt.

– Qui a plutôt intérêt à quoi ? fit une voix ensommeillée derrière eux.

– Docteur ! Bien dormi ?

– Par intermittence, mais fort bien.

– Julien, Clarisse, je vous présente l'amoureux de Paule.

Le docteur Morgenstern ne put s'empêcher de rougir sans pour autant contredire oncle Raymond.

– Bon, Docteur, c'est quoi votre diagnostic ?

– Une très grosse bosse, une belle éraflure, une future très belle cicatrice et une caboche bien solide.

– Je n'aurais pas mieux dit, appuya Raymond.

Antoinette n'était pas vraiment du même avis que son frère.

– Tu minimises toujours tout, se mit-elle en colère. Paule est blessée !

– Madame de Saint-Jean, intervint doucement le docteur Morgenstern, ce n'est pas très beau à voir, mais c'est bénin.

Il avait pris les mains d'Antoinette et la regardait avec beaucoup de tendresse.

– Paule a une grosse bosse, mais sa chute n'était pas grave. Je vous assure, insista-t-il voyant une moue dubitative sur le visage de la maman. Et même si elle avait passé la nuit dans la cave, Titine et Jojo se seraient manifestés, ils auraient alerté le colonel qui serait venu aux nouvelles et qui aurait trouvé Paule. Il y aurait eu un simple décalage dans le temps.

– Bien. Je vais préparer le repas. Raymond, tu vas inviter Matthieu et Geneviève pendant que Pierre appelle Justin.

Lorsque le médecin, fraîchement lavé, redescendit, il fit la connaissance de Julien et de Clarisse.

– Comment va Paule ?

– Elle voudrait encore du Coca™, donc je présume que cela veut dire qu'elle va mieux.

– Ah ! Qui avait raison pour le Coca™ ? fanfaronna Ernest.

– C'est ça. En fait, elle aura une bosse et finira obèse. Cool, se moqua Julien.

Ernest monta les deux Coca™ attendus, suivi par Titine, Albert et Jojo. Du quatuor, il fut le seul à redescendre une fois Paule endormie.

– Bon, maintenant que nous sommes tous là, fit Pierre, Raymond, il faut que tu nous racontes ce qu'il s'est passé.

Le marin s'exécuta et fit un récit haut en couleur des aventures de Paule.

– Nous n'aurions pas dû lui demander, fit remarquer Antoinette.

– C'est ridicule, Toinette, la coupa son frère. Paule s'est cognée. Ce n'est pas comme si elle faisait cela depuis qu'elle était petite !

– Il a raison, intervint le colonel, Suzanne a passé son temps à mettre du Baume du Tigre®, du Mercurochrome® et autres pansements sur la petite.

– Oui, ben quand même.

– Paule est toujours inattentive quand elle est préoccupée, dit Marie Simone pensive.

– Ça, c'est vrai.

– Tout va bien dans son travail ? interrogea Justin.

– Oui, tout se passe très bien, les rassura Ernest. Elle a un emploi du temps très chargé, mais qu'elle gère parfaitement. Je pense que ce qui la préoccupe est la vente de la maison.

– Ah voilà !

– Non, ne vous méprenez pas. Cela ne la dérange pas de vendre cette maison. Je crois qu'elle se dit qu'elle ne va plus vraiment dormir dans le Jura dans peu de temps et elle doit réfléchir à comment elle va faire après la vente.

– Bah, il a pas une chambre le doc ? s'exclama Raymond.

– Si, confirma ce dernier.

– Ben voilà, elle ira dormir à Authumes au lieu de Neublans ! Je ne vois pas où est le problème.

– Raymond, tu es un génie, fit le colonel levant son verre.

– Et c'est maintenant que tu le découvres !

Paule dormit profondément jusqu'à quinze heures grâce aux antidouleurs. Quand elle ouvrit les yeux, elle vit Auguste.

– *Ah ! La voilà ! Comment vous sentez-vous ?*

– Mieux, murmura-t-elle.

– *Un peu vaseuse, hein ? Faut dire que vous avez la dose en médicaments ! Même le doc l'a réduite d'office. Ça vous donne une idée. Non, ne vous levez pas, doucement les gestes. Votre famille est là.*

Elle s'assit dans son lit et se rendit compte qu'elle avait faim. Elle envoya Titine, couchée aux pieds du lit, pour signaler son réveil.

Sa maman se précipita pour lui apporter du pain, du pâté, du saucisson, du gruyère et du Coca™.

– Vous faites quoi ? demanda Paule, j'entends du bruit.

– On a vidé la cave et on trie la grange. Il n'y avait presque rien à part quelques bocaux ; en revanche, la grange est remplie de tout un tas de bric-à-brac.

Paule mâchait lentement en appréciant les mets.

– Tu t'es fait une sacrée éraflure tout de même.

– Cela tire un peu. Abe dit que je vais surtout avoir des migraines pendant quelque temps.

– Tu prendras bien tes médicaments surtout. Nous partirons tous ce soir après le repas, à part Ernest qui te ramènera demain matin. Le docteur Morgenstern reste également.

– *Tu m'étonnes*, s'amusa Auguste.

Paule sourit.

– Ça te fait sourire ?

– Non, je pensais à oncle Raymond. Je lui ai vomi dessus.

Antoinette rit.

– Oui, il nous a raconté. Tu imagines qu'il en a rajouté. Tu veux de la crème au chocolat ?

– *Et comment* ! tonna Auguste.

Ce fut le colonel qui monta la crème au chocolat permettant à Paule de lui demander si des liens particuliers existaient entre eux et les de Plessis du Charme.

– Je ne sais pas. Je connais le commandant depuis toujours. Nous n'avons pas fait les mêmes armes, mais nous avons la même carrière. Nos pères se connaissaient pour avoir combattu ensemble pendant la guerre. C'est tout ce que je sais. Pourquoi tu me demandes ?

– Comme ça. Comment va la Générale ?

– Je ne sais pas trop. À l'EHPAD, ils m'ont dit qu'elle dormait moins, qu'elle avait un sommeil agité et qu'elle sursautait au moindre bruit. Ils l'ont trouvée également souvent perdue dans ses pensées et certaines infirmières ont constaté qu'il lui arrivait de pleurer. Mais quand ils lui posent la question, elle répond que tout va bien.

Il soupira.

– Tu sais, elle aimait beaucoup Suzanne. Tu lui ressembles d'ailleurs. Je pense que la vente de la maison lui rappelle sa mort. Je crois qu'elle ne s'en est jamais vraiment remise. Bon, assez papoté, mange ta crème au chocolat.

– Alors ? Tu as ta dose de chocolat ?

Julien avait passé la tête dans l'entrebâillement de la porte et ne put s'empêcher de faire la moue en voyant le visage de sa sœur.

– La prochaine fois que tu veux qu'on fasse la sale besogne à ta place, tu demandes au lieu de t'assommer !

Il s'assit sur le bord du lit et s'octroya un petit moment à taquiner sa cadette. Ce fut lors du dîner que Raymond se rappela pour quelle raison il était venu dans le Jura.

– Je me suis acheté une péniche à Saint-Jean-de-Losne !

Chacun leva son verre et se réjouit au retour des Maréchale dans le Jura. Il est vrai que le Jura des Maréchale était vaste, empiétant sur la Saône et Loire. Mais bon, chacun son Jura.

Paule passa une nuit agitée, les cauchemars s'enchaînant plus violents les uns que les autres. Le docteur Morgenstern, percevant ses gémissements, se leva et vint s'allonger à côté d'elle jusqu'à ce que le sommeil la reprenne. Le lendemain matin, Ernest et Paule reprirent le chemin de Dijon et croisèrent Amir à leur arrivée rue des Aubépines.

– Mais…

– Pas d'inquiétude Amir, le rassura Ernest. Elle s'est simplement cognée.

Amir avait gardé la bouche ouverte tellement la vue de Paule le stupéfiait.

– Elle va bien. Elle a une sale tête, mais elle va bien.

Il eut une grimace, mais attendit de les voir entrer dans l'immeuble pour reprendre sa route.

– Eh ben ! Vous avez une sale tête !

– Merci, Madame Renée.

– De rien.

La concierge repartit dans son placard pour chercher son matériel, car aujourd'hui c'était cirage de la rampe d'escalier.

– Toujours aussi sympatoche, commenta Ernest.

Paule sourit. Une fois entrée dans l'appartement, elle alla se coucher, Émeraude à ses côtés. Elle dormait si profondément qu'Ernest ne la réveilla pas à midi pour manger. En revanche, il lui prépara une assiette de couscous, déposé par Renée devant la porte. Amir avait tellement été traumatisé par la vue de Paule qu'il s'en était ouvert à ses grands-parents qui, une fois les cris d'inquiétude passés, lui préparèrent un grand plat de couscous. Amina, la grand-mère d'Amir, avait vu large et les deux amis en mangèrent, avec gourmandise, pendant trois jours. L'apparition des migraines obligea Paule à organiser son emploi du temps différemment. Enfin, ce n'étaient pas que les migraines qui en furent à l'origine, mais le visage effrayé de certaines patientes du cabinet quand elle passait devant l'accueil pour se rendre à son bureau. Elle dut également décliner une invitation en Suisse qui se transforma en visioconférence où la vue de son visage inquiéta les hautes instances de la banque. Günter Moritz avait ouvert son carnet d'adresses à Paule et les deux banques suisses espéraient bien que les amis de Günter Moritz feraient de même. Bien que ne gérant que des actifs à faible risque, les directions avaient bien compris à quel point Paule leur était précieuse. « Vous êtes sûre que ça va ? » « Oui, oui, c'est juste une bosse » Un peu moche la bosse, se pensa le numéro un de chez Rothschild. Mais, il fut rassuré en constatant que Paule ne perdait pas en efficacité. Suzy Suzette refit son apparition vendredi comme convenu.

– *Ben dites donc, vous vous êtes arrangée !*

– Oui, merci. J'aime faire les choses en grand.

La catin morte éclata de rire et reprit son récit toujours aussi décousu. Paule tentait vainement de prendre des notes, posait parfois quelques questions, mais devant le débit rapide, elle se contenta d'écouter, pour ensuite noter tout ce qu'elle avait retenu après le départ de la morte. Lorsque les migraines diminuèrent en intensité, elle retourna dans le Jura afin de clore le dossier de mise en vente de la maison.

– Bon, donc là, c'est la cuisine. Là, la salle. Là, la chambre numéro un et ici la salle d'eau.

Oncle Raymond, venu prêter main-forte à sa nièce qui s'assurait de la conformité du plan par rapport aux pièces, vérifiait les mesures. Une fois l'intérieur vérifié, ils se dirigèrent vers la grange puis terminèrent par la cave.

– *Stop !* cria Auguste.

– Non, mais c'est bon, le coup de la voussette, ça va.

– Tu me parles ?

– J'anticipe ce que tu vas me dire : fais attention à la poutre.

– C'est bien gamine. Toujours anticiper. Tu peux me dire pourquoi on vérifie les pièces ?

– Pour être sûrs que le plan est bon.

– Sinon ?

– Sinon, il faudra le faire refaire.

– Non, mais c'est une baraque dans le Jura ! Pas Versailles.

– Tonton Raymond, une baraque ou un château, c'est pareil. Les plans doivent être conformes à ce que les gens visitent.

Raymond déroula son mètre et confirma les longueur, largeur et hauteur de la cave. Alors qu'ils remontaient, Paule s'exclama :

– Merde !

– Quoi ?

– Rien. Si. Il faut mesurer de nouveau, quelque chose ne cadre pas.

Armée de sa lampe torche, Paule fit le tour de la pièce et observa attentivement le plan.

– Je ne comprends pas. Là, ce sont les escaliers, donc c'est bon. Ça, c'est le mur de droite. Ça, c'est le mur de gauche. Mais, là, y'a un truc qui ne va pas.

Raymond s'approcha et regarda le plan.

– Exact. Normalement, on devrait avoir une ouverture ici. Éclaire-moi avec les deux lampes. Redonne-moi les mesures. Donc, si on s'en tient à ton plan, on devrait avoir une ouverture ici. Mais on n'en a pas.

Lentement, il fit passer sa main sur le revêtement mural puis se mit à tapoter.

– Va me chercher le marteau qui est dans la boîte à outils, s'il te plaît. Et attention à la poutre !

Muni de l'outil, il commença à tapoter doucement sur le mur qui s'effrita laissant apparaître des briques.

– Ah bah voilà. Ton ouverture, elle a été rebouchée.

– Tu es sûr ?

– Certain. Tu vois là, c'est de la pierre, ensuite on a de la brique et à nouveau de la pierre.

– Merde.

Paule réfléchit.

– *Il y a une pièce de l'autre côté*, confirma Auguste. *Je ne vois pas grand-chose parce qu'il y a un simple vasistas tout sale, mais il y a bien une pièce à côté.*

– Alors s'il y a une pièce à côté, fit pensivement Paule, il faut casser.

– Tu es sûre ?

– Certaine. Les futurs acheteurs auront le plan que j'ai dans les mains, il faut impérativement qu'ils trouvent cette pièce sinon on va avoir des soucis.

– Dans ce cas, je vais chercher la masse et on va faire ça maintenant.

– Tu peux le faire ?

– Dis donc gamine, je suis peut-être vieux, mais ce ne sont pas des briques qui vont me résister !

– Je vais aller emprunter sa brouette au colonel afin qu'on évacue les gravats.

Tandis que Raymond donnait les premiers coups de masse, Paule se dirigeait vers le colonel pour lui emprunter son outil. Ce dernier s'habilla en conséquence puis la rejoignit afin d'aider Raymond à évacuer les débris. Il ne fallut pas très longtemps à Raymond pour faire tomber le mur de briques qui laissa place à une pièce vide. Ou presque. Un vieux matelas taché traînait au centre et on pouvait deviner la présence de bouteilles cassées au bruit que faisaient les chaussures sur le sol.

– Ben, c'est vide, s'étonna le colonel. Je ne vois pas l'intérêt de fermer une pièce vide.

– Moi non plus, mais je suppose que ceux qui ont fermé la pièce avaient de bonnes raisons.

– Vous allez la vendre combien ? interrogea le colonel tandis qu'il aidait à déblayer.

– Le notaire propose 60 000 €. Elle est fonctionnelle, mais pas très moderne.

– C'est donné au vu du terrain.

– C'est la cambrousse ici, ça ne vaut pas grand-chose.

– Ouais, y'a cambrousse et cambrousse, ronchonna oncle Raymond.

Septembre.

– Bien, vous vous êtes présentée au domicile de Monsieur Camille de Plessis du Charme aux alentours de ?

– 11 heures. Nous avions rendez-vous.

– Et ensuite ?

– J'ai sonné, il n'a pas répondu, j'ai insisté, mais sans succès.

– Et c'est là que vous avez défoncé la porte.

– J'ai entendu Tobias gémir puis un cri étouffé. J'ai immédiatement pensé qu'il y avait un problème alors je suis descendue chez Madame Delambre, la concierge, pour lui demander un tournevis et un marteau.

– Elle n'a pas les clés ?

– Non.

– Et elle vous a donné un fusil ?

– Non.

– *Mais c'est pas vrai !* s'énerva Auguste. *Ça fait trois fois qu'on lui raconte la même chose ! Il est bouché !*

– Je suis remontée avec le tournevis et le marteau, mais la porte était trop épaisse pour faire sauter la serrure.

– Donc vous avez pris fusil.

– Pas exactement. J'ai appelé depuis le haut en disant que ça ne fonctionnait pas. Elle m'a crié avoir une masse. Alors je suis redescendue, j'ai pris la masse et j'ai donné des coups dans la serrure.

– Sans succès ?

– Sans succès et là, Madame Delambre m'a demandé depuis le bas si ça marchait ; j'ai répondu que non ; elle a dit qu'elle allait appeler la police pour qu'ils viennent défoncer la porte. J'ai crié que le commandant n'allait vraiment pas bien et que j'aurais besoin d'un pied-de-biche ou d'un truc pour faire sauter la serrure. Et c'est là qu'elle m'a dit avoir le fusil de son mari et je lui ai répondu il est avec cartouches ? Elle m'a dit que oui, alors je lui ai dit de le monter.

– Et vous avez défoncé la porte avec ?

– J'ai tiré autour de la serrure afin de l'affaiblir et j'ai terminé à la masse.

– Vous auriez pu attendre la police.

– Oui, mais comme j'étais très inquiète pour le commandant, je n'ai pas voulu attendre.

– Et ensuite ?

– Ensuite, nous sommes entrées. Madame Delambre a appelé le 15, le médecin m'a guidée pour prendre le pouls et commencer le massage cardiaque en attendant les secours.

– C'est tout de même étonnant que vous ayez pensé que la personne était en danger, fit le policier soupçonneux.

– Tobias gémissait fortement et ce n'est pas dans son habitude. Et puis je vous l'ai dit, j'ai entendu un cri étouffé.

Le policier portait sur son visage le soupçon. Il avait été appelé avec son collègue pour des coups de feu dans l'immeuble et une fois arrivés sur les lieux, ils avaient trouvé Paule au-dessus du commandant en train de pratiquer un massage cardiaque. Les pompiers étaient arrivés peu de temps après et venaient d'emporter le commandant aux urgences. Son soupçon était d'autant plus fort que Paule arborait un calme olympien alors qu'il aurait plutôt attendu une attitude à la limite de l'hystérie. La présence du molosse aux pieds de Paule ne le rassurait pas non plus. Devant la situation fort inhabituelle, il demanda à Paule de l'accompagner au commissariat afin de prendre sa déposition et celle de la concierge.

– Il me faudrait prévenir la fille du commandant et mon ami Ernest qui doit me rejoindre.

– Désolé, mais il faut me suivre maintenant.

Elle gribouilla rapidement un message pour Ernest et confia l'appartement à Tobias. Une fois au commissariat, elle dut de nouveau raconter son histoire tandis que la concierge était interrogée de son côté. Malgré la répétition des questions et la méfiance des policiers quant aux deux femmes, ils durent se rendre à l'évidence que l'usage du fusil n'avait d'autre but que de faire sauter la serrure. Malgré tout, ils leur signifièrent qu'elles restaient à la disposition de la police. En sortant du commissariat, Paule dégaina son téléphone et appela son frère Julien afin de lui demander conseil quant à la suite de la procédure. Ce dernier écouta attentivement et dans le plus profond silence le récit de sa sœur, la rassura tout en se précipitant dans le bureau de son commissaire pour exprimer ses propres inquiétudes. Le commissaire, qui connaissait Julien depuis de nombreuses années et qui avait toute confiance dans son intégrité de policier, décrocha son téléphone pour se renseigner auprès du responsable de l'enquête. Ce dernier confirma ce que Paule avait raconté à son frère et le commissaire prit sur lui de rassurer les policiers quant à la non-dangerosité de Paule. Au même moment, la seule inquiétude de cette dernière en revenant à l'appartement était de trouver le numéro de téléphone de la fille du commandant et de la prévenir. L'inquiétude de la concierge, quant à elle, était de savoir quand on rendrait son fusil à son mari. Paule était en train de laisser un message à Gabrielle de Plessis du Charme, épouse de Lord Ascot quand Madame Delambre entra dans la pièce et lui déposa une bouteille remplie d'un liquide blanc.

– C'est mon cousin qui le fait, ça vous fera du bien.

Elle laissa la bouteille et redescendit à sa loge. Paule fut interrompue dans ses pensées par un SMS d'Ernest qui lui annonçait qu'il arriverait en début de soirée parce qu'une cliente venait de se présenter. Elle ne répondit pas sachant pertinemment qu'Ernest, en pleine création, laisserait son téléphone posé sur la table. Elle s'approcha de la bouteille et se servit. Une grimace fit comprendre à Auguste que la bouteille d'alcool était fortement dosée. Non seulement elle était dosée, mais c'était de la prune. Chose que Paule ignorait. Mais qu'Ernest découvrit très vite quand il arriva à 17 heures et qu'il la trouva agonisante sur le canapé. Sur le moment, il ne prit pas garde à l'état de la porte trop paniqué par le visage gonflé et rouge de son amie. Il décrocha son téléphone et appela le 15 qui, à force de questions, comprit que la malade faisait une crise allergique. Même si son aspect physique pouvait faire peur, le médecin urgentiste expliqua à Ernest qu'à partir du moment où elle était encore capable de parler, la crise allergique était gérable. Lorsque plus tard, un médecin se présenta à l'appartement, il confirma le diagnostic du médecin urgentiste et prescrivit des antihistaminiques qu'Ernest courut chercher.

– Oui ? Bonjour, Lady Ascot. Pardon, c'est Ernest. Non, Paule ne peut pas vous répondre, elle est… malade. Oui. Non, c'est pas grave. Le médecin est venu. Non, elle a bu de l'alcool de prunes. Oui, je sais. Non, je vous assure, elle va bien. Pas en forme, mais ça va. D'accord, je lui dirai. C'est une bonne nouvelle. Euh, du fait de l'état de Paule et de la porte, est-ce que nous pourrions rester ce soir chez le commandant ? Oui, merci. Pardon ? Oui, d'accord. Au revoir, Lady Ascot. C'était Lady Ascot, dit-il s'adressant à Paule. Le commandant est tiré d'affaire, ils prennent l'avion et ils arriveront dans la nuit. Elle a dit qu'on pouvait dormir ici et que tu as des affaires à toi dans une boîte dans la chambre.

– C'est bien si le commandant va bien.

– Oui. Une chance que la concierge ait eu un fusil.

– Oui, une vraie chance. Je ne sais pas comment j'aurais fait sinon.

– Tu peux rester un peu toute seule ? Je voudrais faire des courses pour ce soir.

– Oui, vas-y. De toute façon, je serai ou échouée sur le canapé ou aux toilettes. Et emmène Tobias pour qu'il fasse son pipi.

– *Vous êtes bien silencieuse*, fit remarquer Auguste.

– J'essaie de comprendre ce qu'il s'est réellement passé.

– *Alors là, ma toute belle, ça ne sert strictement à rien. Vous avez fait ce qu'il fallait au moment où il le fallait et comme il le fallait.*

– C'est quand même étrange, continua-t-elle, ce rendez-vous avait l'air tellement important pour lui.

– *Oh ! Je vois où vous voulez en venir. Il est hors de question que vous vous estimiez responsable de sa crise cardiaque. Vous ne connaissez rien de son état de santé ni de son hygiène de vie, alors pouët pouët.*

Elle lui sourit puis se précipita aux toilettes.

– *C'est toujours agréable de discuter avec vous*, se moqua Auguste.

– Oh ! Bonjour Docteur Vallin. Oui, c'est Ernest. Paule ? Oui. Mais non. Elle… elle est occupée. Oh ! Je comprends. En fait, aujourd'hui Paule avait rendez-vous avec le commandant et comme il a eu un infarctus, elle a dû défoncer la porte pour entrer. Oui. Avec un fusil. Celui de la concierge. Non, la fille du commandant a appelé, il va bien, mais Paule a été secouée et elle a bu de l'alcool de prunes. Sauf que Paule est allergique à la prune. Donc du coup, là elle fait une réaction allergique. Aux toilettes. Mais le docteur a dit que c'était normal. Oui, je suis allé à la pharmacie et j'ai même acheté le repas du soir. D'accord, je lui dirai.

Les deux amis dînèrent de Coca™, de frites cuites au four, de brownies. Rien de bon pour le corps selon certains, mais vital, voire essentiel pour le moral et les intestins selon Ernest et Paule. Peu avant 23 heures, Paule envoya un SMS, comme demandé, au docteur Vallin et elles échangèrent ainsi sur l'épopée de l'après-midi. Elle lui confia que la seule chose qui la dérangeait dans cette histoire était le soupçon que la police pouvait avoir. La thérapeute lui expliqua que les policiers voyaient tellement de choses chaque jour que l'inhabituel se transformait en danger potentiel. Elle insista un peu pour connaître l'état d'esprit de Paule qui lui expliqua, qu'à sa grande surprise, elle se sentait assez bien et même en analysant encore et encore la situation, elle ne voyait pas comment elle aurait pu faire autrement pour sauver le commandant.

– Je vous rappelle demain, et en attendant faites attention à vous.

– Merci, Docteur. Bonne soirée.

À peine avait-elle raccroché que le téléphone se mit de nouveau à sonner.

– Oui ?

– Lady Ascot.

– Oh ! Gaby ! Tu es dans l'avion ?

– On va bientôt partir. Veux-tu bien me dire quelle idée t'a prise de boire de l'alcool de prunes !

– J'avais soif.

– Paule ! Ne te moque pas de moi. Comment te sens-tu ?

– Ça va.

– Paule ?

– Promis, ça va. J'ai bu 1 litre de Coca™, mangé 1 kg de frites et un paquet de brownies. Et là, Ernest apporte... Ouah... des MMS™ !

– Paule Maréchale de Saint-Jean ! C'est un repas pour enfant !

- Eh ouais !

- Merci de nous en laisser pour demain, grogna amusé Lord Ascot.

- Dans tes rêves !

À leur arrivée à Paris, les Ascot s'installèrent à leur appartement, puis, aux alentours de 10 heures, se rendirent à l'hôpital où se trouvait le père de Lady Ascot afin de prendre des nouvelles. En sortant, Gabrielle Ascot appela ses frères et sœurs et, accompagnée de son mari et de sa fille, se dirigea à l'appartement de son père.

– Je voulais m'excuser pour hier, dit timidement Madame Delambre les voyant passer le porche. Pour la porte, je veux dire.

– C'est à nous de vous remercier, lui sourit Gabrielle de Plessis du Charme. Grâce à votre réactivité et au fusil de votre mari, papa a été sauvé.

– Il va mieux ?

– Oui, nous revenons de l'hôpital. Les médecins disent qu'il est encore faible, mais hors de danger. Ils vont lui faire des examens pour essayer de trouver la source de son malaise. On en saura davantage la semaine prochaine.

Ils laissèrent la concierge et prirent les escaliers. Une fois devant la porte, ils restèrent bouche bée.

– Ah oui, d'accord, siffla Lord Ascot admiratif.

Gabrielle avait pâli. Doucement, elle poussa la porte, mais quelque chose la bloquait.

– Paule ?

Après un temps, elle réitéra son appel puis entendit que l'on poussait un meuble et la porte s'ouvrit sur son amie. Les deux femmes restèrent les bras ballants, gauches sur le seuil. Elles ne s'étaient pas revues ni recontactées depuis la mort de Noémie. L'une parce qu'elle s'était laissé enfermer par sa douleur et l'autre parce qu'elle ne voulait pas blesser son amie en restant vivante.

– Rhô ! Mais allez-y ! grogna Lord Ascot tout aussi gêné. Faites-vous un câlin ! On ne va pas rester plantés devant la porte pendant des plombes !

Les deux femmes sourirent et s'enlacèrent avec chaleur.

– Tu m'as tellement manqué, soupira Lady Ascot dans les bras de Paule.

L'étreinte dura fort longtemps et laissa place à celle plus courte, mais non moins chaleureuse de Sidonie. La jeune fille de vingt ans serra très fort sa marraine.

– Seigneur ! s'exclama Paule. Tu es magnifique !

– Bon et moi ? Je sens le pudding ?

À son tour, Lord Ascot prit Paule dans ses bras et la serra avec beaucoup de tendresse.

– Ma Paulinette, tu nous as manqué ! Mais où est ce grand gaillard qui te sert de garde du corps ?

– Il est à sa boutique. Une cliente est passée hier et il y a des retouches faire.

– Sacré phénomène !

– Paule, murmura Gabrielle, est-ce que tu as la force de nous raconter ?

Ils s'installèrent au salon et elle raconta minutieusement les faits.

– Heureusement que le mari de la concierge est un chasseur !

Une voix derrière eux les interrompit.

– Maréchal des logis ! Qu'est-ce que tu as encore fait !

– Irina ! Vous êtes venus ! s'exclama Gabrielle.

– Évidemment que nous sommes venus ! On n'allait quand même pas vous laisser tout seuls dans cette épreuve !

Bertrand et Irina, prévenus par Lord Ascot, embrassèrent tout le monde et enlacèrent tendrement Paule.

– Non, mais toi, tu as le chic, la sermonna Irina qui venait de découvrir la balafre sur son front.

– Non, mais ça, c'est dans le Jura.

– OK, se lança Bertrand. Donc dans le Jura, tu te fais une énorme balafre et, ici, tu défonces la porte avec un fusil. Normal.

– Comment va ton père ? demanda Irina à Lady Ascot.

– Il va bien. Nous n'avons pas pu le voir, mais j'ai pu parler aux médecins et aux infirmières. Il va avoir toute une série d'examens, mais, dans l'ensemble, il se porte plutôt bien.

Ernest arriva sur ces entrefaites et salua avec beaucoup de timidité l'assemblée. C'étaient les amis de Paule, il les aimait beaucoup, mais n'avait jamais su comment se comporter avec eux.

– Dis-moi, Ernest, le questionna Lord Ascot, il reste des frites ?

Un immense sourire éclaira le visage d'Ernest.

– J'ai bien peur que non, Lord Ascot. Mais je suis prêt à aller à l'épicerie pour vous satisfaire !

– Et je vais même t'accompagner ! Tout le monde reste manger ?

– Ernest et moi, on va vous laisser, commença Paule.

– Absolument, répondit Lady Ascot, vous nous laisserez après avoir déjeuné avec nous.

– Gabrielle, soupira Paule, Armande et Philéas vont arriver.

– Ils arrivent après manger et quand bien même, il est hors de question que tu quittes cet appartement comme une voleuse.

– Gaby !

Sidonie sursauta lorsqu'elle entendit sa marraine. Elle eut la surprise de sa vie quand elle constata que sa mère ne la reprenait pas et qu'elle semblait apprécier le diminutif que venait d'utiliser Paule. De tout ce qui sera dit et fait pendant cette journée et les jours qui suivirent, ce sera cet événement-là qu'elle racontera à ses frères Léandre et William. Aucun autre. Enfin si, elle racontera les autres, mais la fratrie, quand elle se retrouvera, n'aura de cesse de parler de ce « Gaby » auquel leur mère n'avait absolument pas réagi. Alors que chacun savait chez les Ascot comme chez les de Plessis du Charme que Gabrielle détestait prodigieusement ce diminutif.

– Dis-moi, Maréchal des logis, c'est quoi ces plaques rouges que tu as partout ?

– Irina, la sermonna Bertrand.

– Je te parie ce que tu veux que Paule a oublié de nous dire quelque chose.

– Elle a bu de l'alcool de prunes, dévoila Gabrielle.

– Où est le problème ?

– Paule est allergique à la prune.

– Non, mais, tu n'en rates pas une !

– C'est cette bouteille ? demanda curieux Bertrand.

– Oui.

Irina prit la bouteille que lui tendait son mari.

– Pouah ! C'est de l'alcool pour Polonais !

– Irina, voilà un propos discriminatoire.

– Discriminatoire toi-même ! répliqua-t-elle. Je suis russe, je rappelle, et mon grand-père disait toujours qu'on ne pouvait pas rivaliser avec un Polonais quand il s'agissait de l'alcool. Je suis sûre que ta bouteille fait au moins 200 degrés. Une chance que tu n'hérites que de plaques rouges ! Et quelle idée as-tu eue de boire de cet alcool ?

– Je ne savais pas que c'était de la prune !

– Maréchal des logis, tu es et tu resteras une énigme. Ça sent la prune à 10 km !

Lorsque Bertrand vit Ernest et Lord Ascot revenir avec des sacs bien chargés, il se porta volontaire avec les deux hommes pour préparer le repas du midi. Ce dernier se composa de frites, de tranches de gigot, de haricots verts pour faire décoratif, de fromage de chèvre et de l'incontournable coca. Ernest et Paule n'en buvaient que dans les grandes occasions et ils durent reconnaître que depuis un certain temps, les grandes occasions se multipliaient.

– Et moi, je dis que c'est une très bonne nouvelle, annonça Lord Ascot. Dans très peu de temps, tu vas te mettre au pudding.

– Dans tes rêves !

Ernest et Paule prirent le chemin du retour non sans avoir fait auparavant un détour par l'hôpital. Ils ne purent voir le commandant, car ce dernier dormait. Aussi, Paule lui laissa une lettre dans laquelle elle s'excusait pour la porte parce que quand même elle l'avait bien amochée et surtout dans laquelle, elle lui confirmait avoir pris les boîtes d'archives qu'il souhaitait lui donner et lui promit d'étudier leur contenu avec attention. Elle ne sut pas pourquoi, mais elle ajouta à la fin que, « quel que soit le contenu, cela ne changera rien ». Le commandant ressentit une forte émotion en lisant cette brève lettre et d'une certaine façon se sentit rassuré. La visite de ses enfants, en fin d'après-midi, lui apporta un peu de joie notamment quand Sidonie et Lord Ascot firent un duo pour lui décrire l'état de la porte. Il fallait bien ça pour masquer la dispute qui avait eu lieu entre Patrick, le mari d'Armande, et Gabrielle. La seule chose que ce dernier avait remarquée était qu'une nouvelle fois Paule était venue voir le commandant hors de la présence d'un membre de la famille et qu'il allait falloir payer une porte.

– Merde ! s'était écriée Gabrielle, Armande habite en Normandie, Philéas est dans la région de Cognac et nous, nous sommes en Suède ! À part Ernest et Paule, papa n'a personne à proximité et s'il a envie de les rencontrer, il n'a pas besoin de demander l'autorisation à l'un d'entre nous ! Elle a sauvé la vie de papa ! Et sans elle, nous serions en train de discuter du coût de l'enterrement !

Sidonie et Lord Ascot, quant à eux, s'étaient éclipsés de l'appartement afin de laisser la fratrie toute seule.

– Pourquoi détestent-ils tante Paule ?

– Ils sont jaloux. Je ne sais pas de quoi ni pourquoi, mais ils sont jaloux.

– C'est débile. Elle a sauvé Papy.

– J'ai bien peur que la jalousie soit tout aussi irrationnelle que l'amour.

La dispute prit fin lorsque Philéas monta les valises et s'installa dans une chambre tandis que sa sœur en prenait une autre. Lord et Lady Ascot retournèrent avec leur fille dans leur appartement du huitième arrondissement.

– Ça va leur faire drôle quand ils verront qu'ils ne peuvent pas fermer la porte, s'amusa Lord Ascot.

– Jonathan ! Ne te moque pas. Mais, ça leur apprendra à réagir aussi stupidement.

Gabrielle était très en colère, mais pas suffisamment pour s'empêcher de pleurer le soir dans sa chambre.

– Chérie, ton père va bien et on a retrouvé Paulinette.

Elle lui sourit.

– Je sais. Je crois que je pleure sur tout ça.

– Alors, pleure, ça fait du bien. Ils sont bien arrivés à Dijon ?

– Oui. Paule appellera demain pour avoir des nouvelles.

– Alors, c'est bien. Ton père avait l'air en bonne forme.

– Oui, il semble se remettre assez vite. Je crois que nous sommes passés à côté du pire.

Gabrielle de Plessis du Charme n'avait pas tout à fait tort. Quelques jours plus tard, Patrick Tardieu portait plainte contre Paule pour destruction de biens privés obligeant son amie à aller au commissariat de Dijon pour prendre connaissance de la plainte déposée contre elle.

– Mais qu'est-ce qu'il leur prend ! se mit en colère son frère Julien.

– La plainte vient du mari d'Armande, j'imagine que c'est à cause du prix de la porte.

– Ils n'ont pas d'argent ? Ils n'ont pas d'assurances ?

– Ne t'énerve pas, Julien. Patrick a toujours été agressif à mon encontre et il considère que l'argent des de Plessis du Charme est à lui. Je n'ai jamais pu le supporter et réciproquement. Sans compter qu'il jalouse la réussite de Gabrielle.

– Il est hors de question que tu te laisses faire !

– Écoute, laisse-moi réfléchir, à mon avis le commandant et Gabrielle ne sont pas au courant, il est inutile de jeter de l'huile sur le feu. Je me suis rendue à la convocation du commissariat, j'ai pris connaissance de la plainte et je vais réfléchir.

– Mais tu vas réfléchir à quoi ! Tu prends un avocat et tu te défends !

– Je ferai ce que j'estime être le plus juste. Il est hors de question que cette histoire salisse les de Plessis du Charme. C'est un problème entre Patrick et moi. Mais je te promets que je ne me laisserai pas faire.

Julien prit sa sœur dans ses bras.

– Fais le bon choix, sœurette.

Paule laissa de côté Patrick et sa plainte pour se rendre en Suisse où elle avait rendez-vous avec Günter Moritz. Alors qu'ils prenaient le café, l'avocat de son hôte fit une apparition inattendue.

– C'est la catastrophe ! La catastrophe !

Günter Moritz laissa son avocat qu'il connaissait depuis bientôt trente ans déverser ses angoisses et sa colère avant de lui demander ce qui l'amenait ici. Alfred Aberfeld lui expliqua qu'il avait laissé son gendre boursicoter par-ci par-là et que ce dernier avait fait de si mauvais placements qu'une grande partie des économies des Aberfeld avait fondu au soleil. Il avoua donc être venu voir son ami afin qu'il lui donnât des conseils pour essayer de récupérer tout ou partie de son argent. Günter Moritz l'écouta avec attention, sourit et se tourna vers Paule.

– Ma chère amie, vous ne croyez pas au destin, moi si. J'aimerais que vous rendiez service à mon ami. Alfred, je te présente Paule Maréchale de Saint-Jean qui a repris en main une grande partie de mes actifs.

Alfred, qui venait de découvrir la présence de la jeune femme, la salua d'un air penaud se rendant compte à quel point son entrée avait été grossière. Paule ne se formalisa pas et, avec l'accord de son client, commença à poser quelques questions à Monsieur Aberfeld. Ce dernier répondit avec franchise sans s'inquiéter de révéler à son hôte la teneur exacte de ses finances. Paule prenait des notes tout en pianotant sur sa tablette. Après une heure de réflexion et de discussion, elle proposa à Maître Aberfeld des placements sans risque, mais rentables et lui proposa également de le mettre en contact avec un trader de sa connaissance pour faire fructifier plus rapidement certains de ses portefeuilles. L'avocat ressentit un profond soulagement quand il constata que les pertes ne pourraient sans doute pas être récupérées en cinq minutes, mais qu'elles pourraient l'être sur le long terme. Il accepta avec enthousiasme la proposition de Paule — qui lui confia alors les coordonnées d'Irina — tout en lui demandant ses honoraires. Alors qu'elle allait répondre que ce n'était qu'un service qu'elle rendait et qu'il n'avait pas besoin d'être rémunéré, Auguste intervint en lui suggérant de faire du troc : elle aidait à renflouer ses finances et il acceptait de la défendre devant les tribunaux français si la plainte de Patrick Tardieu était maintenue. Günter Moritz perçut soudain la très grande gêne de Paule et l'homme d'action qu'il était, n'hésita pas une seconde à lui demander ce qui semblait la contrarier. Elle admit avoir un éventuel problème qui nécessiterait sans doute l'intervention d'un avocat, mais n'eut pas le loisir de terminer sa phrase que maître Aberfeld se levant et tendant la main criait « deal ». Elle raconta alors brièvement la situation dans laquelle elle se trouvait laissant Auguste apprécier le visage offusqué de Günter Moritz. L'avocat de ce dernier, lui, souriait aux anges adorant ce genre de défi. Il confirma donc qu'il serait son avocat si jamais la situation s'envenimait. Et la situation s'envenima. Patrick Tardieu n'avait pas du tout apprécié l'abandon des recherches et le classement de sa plainte sans suite. Il fit appel de la décision des services du procureur obligeant Paule à contacter son avocat qui prit les choses en main ayant bien compris que sa cliente ne voulait pas de vague.

Début décembre, Paule eut la surprise de voir débarquer dans son bureau les Ascot.

– On fait un arrêt pipi avant d'aller dans les Alpes autrichiennes, claironna Jonathan.

Les trois enfants de Lord et Lady Ascot restèrent bouche bée devant la familiarité de leur père, stupéfaction qui fut de courte durée quand ils découvrirent la vitrine exposant des têtes réduites.

– Tante Paule ?

– Oui, William ?

– Ce sont des vraies ?

– Oui.

– D'accord. Et tu les exposes ?

– Ben oui.

– D'accord.

Ils furent interrompus par le téléphone.

– Oui, Alexandra. Vous avez les chiffres ? Balancez.

Elle fit signe à ses amis de lui accorder deux secondes et se plaça devant le double tableau blanc qu'elle avait fait installer au mur. Elle commença à noter sous la dictée tout en parlant toute seule.

– Ça pue, finit-elle par dire.

Elle prit son calepin, aligna une suite de chiffres et autres hiéroglyphes puis se tut.

– Paule, toussota Lord Ascot, je te propose de te laisser finir pendant que nous allons chercher des gâteaux.

– Oh merde, pardon, s'excusa-t-elle, je suis au-dessous de tout. C'est que ce truc-là m'agace. Tiens, ce sont les clés du sixième, faites comme chez vous.

Lady Ascot l'embrassa sur la tempe et la petite famille grimpa les étages.

– Ouah, s'exclama Sidonie en entrant, c'est trop beau.

La vue du piano dans son écrin séduisit tous les invités.

– Oui, articula Gabrielle fort émue de voir le piano de Noémie.

– Eh ! Regardez !

Émeraude venait d'apparaître toisant les importuns.

– On dirait qu'elle apprécie peu notre visite, commenta Léandre.

Le chat dédaigna tout le monde sauf Gabrielle vers laquelle il se dirigea.

– OK. Maman un, les Ascot zéro.

La chatte dans les bras, Lady Ascot fit le tour du propriétaire.

– Maman n'aurait jamais fait cela avant, lâcha William totalement atterré devant ce qu'il considérait être du sans-gêne.

– Nous sommes chez Paule, mon garçon, lui expliqua son père. C'est différent.

Lord Ascot décrocha son téléphone qui venait de sonner. Il éclata de rire.

– C'était Paule, elle nous dit d'arrêter de rester les bras ballants debout dans son salon et merci de préparer l'apéro !

– Mais, comment a-t-elle su ?

– Elle a un don, professa Lord Ascot.

– *Oui, le don, c'est moi*, les informa Auguste. *Heureusement que je suis là.*

Lord Ascot obéit donc et, aidé par sa fille, prépara l'apéritif. Sidonie fut envoyée à la recherche de sa mère qu'on ne voyait pas revenir du couloir qu'elle avait emprunté. Elle la trouva, interdite devant un double tableau blanc, dans le bureau de Paule.

– Qu'est-ce que c'est ?

– Je n'en ai aucune idée, répondit sa mère. A priori, Paule retrace la vie d'une certaine Suzy Suzette.

– Tu la connais ?

– J'aurais du mal, regarde ses dates de naissance et de mort.

– Ah oui.

– Alors, on espionne, fit derrière elles la voix de Paule.

Gabrielle rougit comme une collégienne.

– Tu fais quoi avec ce tableau ? demanda Sidonie.

Paule hésita.

– Bon, d'accord, mais je vous interdis de vous moquer.

– Promis.

– Je vais essayer d'écrire le récit de sa vie.

Léandre, qui venait de les rejoindre, siffla.

– Même pas peur !

– Ouais, sauf que je ne suis pas écrivain. Moi, mon truc ce sont les chiffres.

– Alors, il faut que tu chiffres ton écriture, se moqua William.

– Dis donc le violoniste virtuose ! On ne se moque pas. Pour la peine, c'est toi qui vas servir l'apéro.

Ils s'installèrent et devisèrent tranquillement jusqu'à l'arrivée du livreur qui apportait le repas.

– Merci, Sam.

– C'était qui ?

– C'était Sam.

– Et qui est Sam ?

– Aïe, fit un brin amusé Lord Ascot.

– Comment ça, aïe ?

– Aïe, parce que dès qu'on te demande qui est qui, on remonte jusqu'aux Mérovingiens.

Paule donna une tape à Jonathan.

– N'importe quoi.

Mais elle raconta tout de même que Sam était le livreur d'Hassan le grand-père d'Amir, qu'Amir était celui qui avait rénové tout l'appartement, mais que, comme il ne voulait pas de salaire, Ernest et elle lui avaient payé son inscription à des cours de remise à niveau pour entrer en fac et que comme il commençait ses études pour être zoologiste, il ne pouvait plus livrer les couscous et tajine cuisinés par sa mère qui était une femme remariée, mais qui gagnait peu comme aide à la personne donc comme elle faisait d'excellents plats, Paule avait suggéré la vente des couscous en livraison à domicile par l'épicerie, et du coup Hassan avait embauché Sam puisque son petit-fils reprenait ses études. Les enfants Ascot avaient gardé la bouche ouverte pendant tout le récit.

– Quand je vous disais qu'il ne fallait pas demander à Paule qui était qui.

Le déjeuner qui suivit l'apéritif fut très familial. Les enfants Ascot avaient grandi dans un univers de convenances et de bienséance très anglaises et quelque peu précieuses du côté paternel. Tandis que du côté maternel, la familiarité aux repas était de mise. Ils savaient donc s'adapter aux circonstances, mais chez Paule, ils eurent un instant d'embarras.

– Pour manger, il est plus pratique de s'asseoir à table, s'amusa Paule. Et en plus, on peut s'asseoir où l'on veut.

Rassurés, ils envahirent l'espace réservé au repas.

– Bon, dites-moi comment va le commandant ? Dites-moi ce qu'il ne me dit pas au téléphone.

– Il va bien. Son médecin le suit très régulièrement et tout semble rentrer dans l'ordre. On suppose donc que le surmenage a été à l'origine de son infarctus.

– La cidrerie semble avoir des soucis, expliqua Lord Ascot.

Paule se redressa.

– Du genre ?

– Du genre, Patrick qui investit pour conquérir les États-Unis et les rentrées ne se font pas.

– Ils ont des dettes ?

– Rhaaaa, fit malicieusement Lord Ascot, la conseillère financière fait son apparition.

– Sans aucun doute, reprit Gabrielle, mais Armande ne veut pas m'en parler.

– Vous êtes donc toujours fâchées.

– Évidemment que nous sommes fâchées ! s'écria Gabrielle, ils arrivent de Normandie et la seule chose qu'ils trouvent à dire est que la porte va nous coûter cher !

– Gaby...

Les enfants tressautèrent.

– Je sais, soupira leur mère, mais leur jalousie m'exaspère.

– Je me mets à leur place.

– N'importe quoi !

– Mais si ! Votre famille ne m'a pas seulement ouvert sa porte, mais également ses bras. Ils peuvent être jaloux. Julien l'aurait été et je l'aurais été.

– Extraordinaire ! Tu dis vraiment n'importe quoi ! Tu m'épates !

– Lord Ascot, arrête de te moquer.

– Mais si ! Mais si ! Reprenons depuis le début. Tu es en train de dire que si ta famille avait accueilli un étranger comme si c'était un membre de ta famille, tu aurais été jalouse ?

– Bah oui.

– Mais bien sûr. Et Ernest ?

– Quoi Ernest ?

– Vous ne lui auriez pas ouvert les bras, par hasard ?

– Mais c'est pas pareil ! C'est mon ami !

– Merci, et moi je sens le pudding, s'offusqua faussement Gabrielle.

– Gaby... Mais non... Mais c'est pas pareil.

– Seigneur, aidez-nous, supplia Lord Ascot. Ramenez cette enfant à la raison !

Les trois enfants Ascot étaient hilares devant la mauvaise foi de Paule.

– Tante Paule, c'est pareil.

– Nan.

– Si

– Nan.

– Si

– *Tu habites à Nancy* ? ne put s'empêcher Auguste.

Paule soupira.

– N'importe quoi.

– Si, continua Léandre persuadé qu'elle lui répondait.

– Très bien, je renonce, c'est pareil.

– Ahaha ! Les Français comprennent enfin qu'ils n'ont pas perdu Waterloo à cause de la fonte des glaces et de l'invasion des pingouins ! tonna Lord Ascot.

– Lord Ascot, sixième du nom, arrière-petit-cousin des Stuart, je te ferais dire que le pudding est bien anglais et qu'en matière culinaire tu repasseras.

– Ah ! Quelle attaque vile et basse ! C'est tout de même le seul point faible des Anglais.

– Si l'on excepte la conduite à gauche, la cuisine douteuse, leur attachement viscéral à une monarchie dont ils détestent la somptuosité et la presse à scandale, je dirais qu'ils ne s'en sortent pas trop mal grâce à leurs origines germaniques.

– Ah ! Quel coup bas !

La joute verbale des deux orateurs amusa prodigieusement les invités de Paule qui ne purent s'empêcher de prendre parti, créant un joyeux brouhaha autour de la table.

– Mais vous avez fini tous les deux, ronchonna Lady Ascot.

– Elle porte atteinte à l'honneur de votre époux !

– Bah voyons, s'amusa Paule.

– Absolument. Moi, qui suis issu d'une si grande lignée...

– Oui, merci Lord Ascot, le coupa son épouse très joyeuse, mais je crois que refaire la dynastie des Ascot serait beaucoup trop long.

– Je rêve ! Quand c'est Paule qui raconte, on l'écoute religieusement et quand c'est moi on me raccourcit.

– Normal, je raconte des choses bien plus intéressantes que toi.

– Ah ! Puisque même ma propre famille me renie, j'abandonne le combat. Et sinon, je pourrais avoir du fromage, s'il vous plaît ?

Le repas se poursuivit, mais cette fois-ci avec comme centre d'intérêt l'avenir des trois enfants. Paule apprit que sa filleule Sidonie allait reprendre des études en restauration du patrimoine, une fois son cursus de maquettiste terminé. Léandre allait partir faire médecine en Écosse pour reprendre le cabinet d'ophtalmologie de la sœur de son père. Quant à William, il avait prévu de tenter les concours pour le philharmonique de Vienne et en cas d'échec de s'inscrire au conservatoire de Paris ou de Stockholm ou de Londres ou de Berlin. Bref, il poursuivrait ses études musicales pour intégrer un orchestre.

– Et bien, dites-moi que voilà de beaux projets.

– Et toi, tante Paule, c'est quoi tes projets ?

– Dans le court terme, vendre la maison du Jura ; dans le moyen terme, me lancer dans une fausse carrière d'écrivain amateur ; et dans le long terme, poursuivre mon activité et la faire prospérer.

– *Vous pourriez ajouter que vous vous mettez au sport,* intervint Auguste.

– Non, mais ce n'est pas intéressant.

– Alors là, les enfants, vous êtes en train d'assister à un miracle, Paule parle toute seule.

– Et en quoi est-ce un miracle, demanda Léandre en riant.

– Parce que ça faisait bien longtemps que ça n'était pas arrivé, répondit sa mère en embrassant tendrement son amie.

– Qui veut du dessert ?

– Et en quoi consiste-t-il ?

– En de la crème au chocolat !

– Vendu !

Les Ascot prirent congé de Paule emportant avec eux beaucoup de câlins et tout le reste de crème au chocolat. Les enfants ne purent s'empêcher de demander à leur mère pourquoi elle acceptait que Paule l'appelât par un diminutif.

– Parce que c'est Paule.

– Bah oui, commenta William ironique, c'est Paule.

Alors qu'ils arrivaient à la frontière suisse, Paule, pour la première fois depuis septembre, décida de se plonger dans les dossiers confiés par le commandant. Il y avait cinq boîtes toutes numérotées et au-dessus de la première une enveloppe cachetée était scotchée.

« Ma chère Paule, père a laissé l'ensemble de ces documents pour toi. Il tenait à ce qu'ils te soient remis, j'ignore pourquoi tout comme j'ignore leur contenu. Je sais simplement que c'était important pour lui de te les remettre. Sache que quoi que tu lises, tu resteras à jamais notre Paule. Signé Camille de Plessis du Charme ».

– *Eh ben, ça commence bien*, marmonna Auguste.

– Oui, voilà bien des mystères.

Curieuse, elle ouvrit les autres boîtes et en sortit le contenu. C'était tous des dossiers, d'épaisseurs diverses, numérotés et visiblement classés par ordre chronologique. Le premier dossier était le journal intime d'Aliénor de Montmorency, les autres dossiers concernaient les années 1940 à 1972. Quant à la dernière boîte, elle était quasi vide contenant simplement un dictaphone avec deux cassettes audio ainsi qu'une lettre au nom de Paule. Ce soir-là, Paule commença par le dossier numéro un.

1989. Journal d'Aliénor
de Montmorency.

Octobre

« Je me présente : Aliénor de Montmorency. Je tiens tout
de suite à signaler que je n'ai jamais tenu de journal
intime de toute ma vie, mais que je me vois contrainte
et forcée de le faire par mon frère Philémon de Plessis
du Charme. Tout ça parce que certains jours ma
mémoire flanche ! Comme ce dernier a sollicité ma
générosité pour louer gratuitement (l'idée est
proprement ridicule ou on loue ou on prête) une chambre
de mon logement à une étudiante en économie n'ayant
pas assez d'argent pour financer à la fois ses études et
son logement, j'ai décidé d'utiliser cette nouveauté dans
mon existence pour raconter mon quotidien. Pour me
convaincre d'accepter cette jeune fille, il a argué qu'elle
pourrait me servir de dame de compagnie et a ajouté
que c'était une dette qu'il avait à payer à la famille de
cette jeune fille. Seul argument valable pour moi. Il a par
ailleurs ajouté qu'elle serait étudiante dans la même
école supérieure que sa petite fille Gabrielle et que de ce
fait, je ne serai pas en terrain inconnu. Il est bien évident
que cette dernière explication est proprement stupide.
Mais, puisque Philémon a une dette, la branche familiale
que je représente se doit de l'honorer. Pour parfaire le
tableau, il me faut expliquer que je suis une vieille
femme qui a toujours vécu seule. Entourée de ses
proches, à savoir de mon frère et de ses descendants,
mais seule. S'il n'y avait eu cette dette, j'aurais refusé,
car, l'âge venant, j'ai des habitudes que je ne souhaite
pas voir déranger par autrui. Avant de poursuivre, il me

semble de bon aloi de présenter la famille à laquelle j'appartiens. Aussi loin que je me souvienne, les de Plessis du Charme sont nés avec le don de la Normandie à Rollon par le roi de France en 911. Ayant besoin de vassaux, ce dernier a partagé le fief octroyé entre ses meilleurs soldats. Nous en fûmes. Les de Plessis du Charme sont donc issus d'un Viking, danois ou suédois, sédentarisé. Notre nom est lié à une terre que nous possédons toujours celle du Plessis associée au bois des charmes. Très utilisés pour la fabrication de pièces de charrue et autres outils, les charmes firent les débuts de notre richesse familiale. En 1758, Armand de Plessis du Charme se rendit compte qu'un paysan mort était un paysan qui ne rapportait plus. Féru des Lumières, il eut l'idée saugrenue pour l'époque de "libérer" ses paysans. Il baissa ses redevances, modernisa l'élevage et l'agriculture et développa les soins au travers de la construction d'une apothicairerie. Cette générosité réfléchie expliqua que les temps troublés de la révolution nous laissèrent quelque peu en paix, protégés par nos propres paysans. Le cas fut rare, mais pas unique, puisque le château de Commarin en Bourgogne connut la même félicité. Camille de Plessis du Charme, voyant que la production de charmes périclitait, décida, en 1868, de porter ses efforts sur la production de pommes afin d'en tirer une liqueur qui pourrait être vendue dans les cafés qui se multipliaient dans les villes. Il fonda une distillerie et, depuis, notre famille vit de la vente de Calvados et de cidre. Camille mourut avant d'avoir vu son œuvre achevée et ce fut sa fille Marie Catherine qui reprit l'affaire. Refusant que son époux s'en mêle, elle la dirigea de main de maître et exigea qu'après sa mort que seules les femmes de la famille gèrent la cidrerie. C'est toujours le cas, les de Plessis du Charme ayant eu la très bonne idée d'avoir régulièrement des filles. Après la guerre, mon frère Philémon acheta des terres à Cognac, puis des vignobles en Bourgogne. Notre famille a donc élargi ses activités au cognac, le bourgogne restant une simple passion.

Nous étions deux sœurs à gérer la cidrerie : Adélaïde, ma jumelle, et moi. Insouciantes, nous avons traversé la guerre en faisant tout pour le bien de nos gens. C'est un devoir chez les de Plessis du Charme depuis Armand : s'assurer du bien-être de chacun. Non pour des raisons économiques comme au XVIIIe siècle, mais pour des raisons simplement humaines. Adélaïde et moi l'avons fait. À vingt ans, nous avons subi l'occupation et ses horribles contraintes. Nous avons accueilli des soldats anglais parachutés, soigné des résistants, et parfois des soldats allemands victimes dans certains cas d'une injuste violence. Mon frère Philémon, lui, s'était engagé dans la France libre et avait suivi de Gaulle à Alger. Nous avons tout enduré pour notre pays, vécu comme les Français de l'époque avec les tickets de rationnement ; nous avons dû poursuivre notre activité afin de maintenir les salaires et cela malgré notre dégoût profond des nazis qui devenaient nos principaux clients. Nous avons agi comme le demandaient l'honneur et le patriotisme. Et pourquoi ? Pour voir tomber les bombes alliées sur nos têtes. Régulièrement. Au nom de quoi ? Au nom de la guerre. Elle a bon dos la guerre. Nous n'étions pas des nazies ni des membres de la collaboration et pourtant, c'était sur nos têtes que les bombes tombaient. Adélaïde est morte sous leur fracas. Ce jour-là, nous étions à la cidrerie. Nous avons entendu les vrombissements des moteurs, Adélaïde n'a pas eu le temps de sortir. Moi si, avec nos quatre employés. Pendant cinq ans, nous avons vécu sous l'occupation nazie et ce sont des bombes alliées qui ont tué ma sœur. Jamais je n'ai pardonné. Jamais. Peu importe ce que l'on peut me dire, peu importe ce que Philémon, qui a fait la guerre en tant que soldat, a pu me dire, ça n'a pas eu et ça n'aura jamais le moindre poids face au corps de ma chère Adélaïde sous les gravats. Quand l'orage fut passé, on m'empêcha d'approcher. Elle avait littéralement été écrasée par le plafond et fut enterrée à la va-vite dans le caveau familial. J'ai interdit qu'on reconstruise le bâtiment détruit. Lorsque nous pûmes le faire, j'ai fait construire une autre distillerie à côté. Je veux que les gens qui travaillent sur cette cidrerie se rappellent cette époque. Je veux qu'ils se rappellent que nous avons fait partie des dommages collatéraux et que notre nom, ronflant aux yeux de certains, ne nous a pas épargné les malheurs de cette guerre. Malgré ma colère, j'ai soigné les blessés, accompagné les morts, aidé à reconstruire, redonné du travail. Rien ne fut léger, tout fut lourd à supporter notamment l'absence d'Adélaïde. Philémon revint de la guerre avec un grade de capitaine, puis celui de commandant, le tout accompagné de médailles sur son plastron, mais avec un tel regard triste ! Jamais nous n'avons parlé de la guerre, ni de ce qu'il avait vécu, ni de ce que j'avais vécu. Nous avons fait comme quasiment tous les Français, nous nous sommes tus. Notre famille s'est relevée, mais n'a pas oublié. Nous ne sommes pas de nobles oisifs parce que nous ne l'avons jamais été. Nous sommes issus de flibustiers (ça, j'en suis persuadée, car notre fortune avait soudainement connu un bond au XVIIIe siècle), de guerriers et d'industriels. Chez nous, le travail est une valeur, le respect de l'autre un devoir. Nous sommes liés aux de Noailles de façon éloignée et la légende nous lie aussi aux Sully, mais j'en doute.

C'est dans cette famille-là qu'est arrivée Paule Maréchale de Saint-Jean. Elle est là depuis un mois et j'avoue que mon quotidien n'a absolument pas changé. Enfin, si, un peu, mais contrairement à ce que je craignais, je n'éprouve aucune gêne en sa présence. Je ne dis pas que tout a été simple dès le départ, Paule ayant le sentiment d'être une intruse, mais nous avons trouvé notre rythme et notre place. Le matin, elle part de très bonne heure et prépare mon petit-déjeuner, ce que je ne lui ai jamais demandé, mais qu'elle trouve normal de faire. Elle ne rentre que le soir après ses cours, parfois fort tard de mon point de vue, dîne en ma compagnie, s'inquiète de savoir si j'ai besoin de quelque chose puis va travailler dans sa chambre. Douche et toilettes sont partagées avec beaucoup de retenue. Quant à la fin de semaine, le samedi, elle travaille toute la journée soit sur ses cours soit pour faire des livraisons ou tenir la chapellerie où travaille son ami ; le dimanche, elle joue les touristes après s'être assurée que je n'ai besoin de rien. Après un mois, je dirais que je suis pleinement satisfaite d'avoir Paule sous mon toit. »

Novembre

« Je n'ai pas l'intention de tenir un journal de façon quotidienne. Philémon m'agace. Il m'appelle tous les jours pour savoir si ça va avec Paule comme si l'enfer venait de s'ouvrir sous mes pieds. Je le soupçonne de vouloir me faire écrire parce qu'il est persuadé que ma mémoire flanche. Elle ne flanche pas du tout. J'oublie juste ce qui ne m'intéresse pas. Je vais écrire ce que j'ai envie d'écrire parce que cela me fait du bien de coucher des mots sur le papier. Et parce que je trouve amusant de raconter ma relation avec Paule. Nous nous entendons très bien. Mieux même que très bien. Désormais, elle prépare le thé le samedi. Je l'entends beaucoup discuter avec Rosalie, ma cuisinière depuis presque trente ans. Non que je ne sache pas cuisiner, mais je n'aime pas ça et je reconnais que si elle n'était pas là, je me contenterais de soupe du matin au soir. Mais je doute que l'on puisse vivre vieux en avalant uniquement de l'eau aromatisée ! Donc Rosalie est là. Lorsque nous sommes toutes les deux, elle me parle de Paule et dit que c'est une fille très bien. Ce qu'elle est en effet. Fille d'épicier, elle n'était pas destinée à suivre les cours de cette grande école qui sont fort onéreux. C'est à son professeur d'économie de lycée qu'elle doit son intérêt pour les écoles de commerce et d'avoir postulé à Paris. Elle avait bien évidemment hésité du fait de l'argent, mais quand la Générale sut qu'elle était acceptée, elle appela mon frère pour l'aider à trouver un logement à Paule lui permettant ainsi d'effectuer au moins sa première année et me permettant, à moi, d'avoir une colocataire fort agréable.

Cette nuit, j'ai fait d'horribles cauchemars. Suffisamment horribles pour que Paule m'entende gémir et qu'elle vienne me tenir la main. Je ne me rappelle plus mes cauchemars, mais je me rappelle la douceur de sa voix et sa présence toute la nuit à mes côtés. Le lendemain, elle a eu la délicatesse de ne pas aborder le sujet.

Paule a un ami. Ernest. Un chapelier. Je l'ai vu pour la première fois aujourd'hui. J'en avais assez qu'il attende Paule dehors et je lui ai ordonné de monter. C'est un grand gaillard tout effiloché. Et tant pis, je l'écris : il est très laid. Mais vraiment. Jamais vu quelqu'un d'aussi laid et pourtant qu'est-ce que je le trouve sympathique ! Il émane de lui de la bonté et de la douceur. Aujourd'hui, ils sont allés au Louvre. Je me dis que depuis le temps qu'ils y vont, ils doivent le connaître par cœur ! »

Décembre

« Comme bon nombre de dimanches, j'ai reçu mon frère et sa famille. Paule, à chaque fois, s'éclipse par politesse et décence. Et bien aujourd'hui, cela m'a gênée. Oui. Depuis quinze jours, je fais de nouveaux cauchemars et depuis quinze jours, elle est à mon chevet. Sans être plus qu'une présence rassurante. Je sais que je m'attache à cette jeune femme discrète et bien élevée et je n'ai pas l'intention de lutter contre. Philémon a demandé de ses nouvelles et je lui ai dit que tout se passait au mieux. J'ai même osé demander à Gabrielle, ma petite-nièce, comment se déroulaient les études de Paule, si elle réussissait ou si elle connaissait des difficultés. "Paule est douée, très, mais certains éléments du contexte lui déplaisent" "Comme quoi ?" "Certains élèves suffisants, hautains ; certaines théories mettant le dieu argent au-dessus de tout ; le regard méprisant des Parisiens sur la province. Nous nous sommes fait deux amis : Irina et Bertrand". J'ai remarqué que le récit de ma petite-nièce avait plu à Philémon. Quant à moi, il m'avait rassurée.

Je dis peut-être n'importe quoi, mais je crois que Philéas et Armande, les frères et sœurs de Gabrielle, n'apprécient pas Paule. Ou alors ils n'apprécient pas le fait que nous parlions souvent d'elle.

Noël est passé avec son cortège d'obligations et de joies. Paule est retournée dans le Jura avec Ernest ; elle reviendra dans dix jours et je vois bien que je trouve le temps long.

Je confirme : le temps est long sans Paule. Ma famille est là, bien sûr, mais ce petit morceau de Bourgogne a pris beaucoup de place dans mon logement. Je me suis demandé ce qui me manquait et j'ai finalement trouvé : son babillage, ses idées, ses réflexions. Paule ne parle pas à tort et à travers. Elle parle, dit ce qu'elle pense, argumente ; elle a beaucoup d'humour. Elle me rappelle Adélaïde. »

1990. Journal d'Aliénor de Montmorency

Janvier

« Paule est revenue. Avec des cadeaux en plus ! Je ne suis qu'une vieille égoïste puisque je n'ai même pas pensé à lui acheter quelque chose ! Elle a senti ma gêne, a souri et a dit "mon cadeau est bien modeste à côté de celui que vous m'offrez qui correspond grosso modo à 150 000 F." Tout était dit. Je lui ai rendu son sourire en me demandant si elle savait seulement ce qu'elle était en train de m'offrir à moi.

Aujourd'hui, je ne me sentais pas très bien. Paule est restée bien que le dimanche soit son jour de sortie. Elle a simplement prévenu Ernest qui est arrivé à quinze heures avec des douceurs. Je ne me suis aperçue de sa présence qu'en me levant et en les découvrant en train de jouer aux cartes. Ils eurent un instant de gêne pensant avoir outrepassé leurs droits, instant que j'ai vite dissipé en leur demandant les règles du jeu. Il n'est pas question que Paule se prive de rencontrer son ami à cause de moi ! Je me suis assise, elle m'a servi du thé accompagné de délicieux macarons et a repris sa partie de cartes avec Ernest. Je les ai observés. Ils s'entendent à merveille. J'avoue avoir rarement vu cela, enfin non, j'ai déjà vu cela. C'était Adélaïde et moi. Ils ont enchaîné les parties de cartes en riant comme deux enfants et Ernest n'est parti que vers dix-huit heures. Je l'aime bien ce grand échalas. Il est doux et très doué. Paule m'a montré certains de ses dessins. Exceptionnels. Elle porte même une de ses créations : une casquette bouffante orange, absolument magnifique. »

Février

« J'ai dit à Paule qu'elle devrait arrêter de travailler et de consacrer tout son temps à ses études. Elle m'a expliqué que ses parents l'aidaient pour cette année, mais qu'il fallait qu'elle prévoie l'an prochain. Je lui ai demandé alors ce qu'elle faisait comme type de livraison et c'est là qu'elle m'a appris qu'elle avait un triporteur ! Un triporteur ! J'en suis restée coite ! Paule, lui ai-je dit, vous êtes dans une école prestigieuse, j'espère que vous ne vous y rendez pas en triporteur. Elle m'a répondu prendre le bus et garder le triporteur uniquement pour ses livraisons. Je lui ai alors demandé ce qu'elle livrait. Des boissons au café d'Arturo, des chapeaux d'Ernest et des colis de l'épicerie qui se trouve en bas de la rue. Les bras m'en sont tombés. J'ai alors demandé si elle était payée. 50 F pour les colis et les boissons et 100 F quand il s'agit des chapeaux d'Ernest. Elle a alors ajouté qu'elle ne livrait que dans le huitième et le neuvième arrondissements. Et pas tout le temps. Surtout les fins de semaine. Je ne lui ai pas demandé à quoi servait cet argent, mais je suppose qu'une partie doit aller dans ses livres, les vêtements et les musées. J'ai conclu la discussion en lui disant de ne surtout pas négliger ses études. Rassurez-vous, m'a-t-elle répondu, j'ai parfaitement conscience de la chance qui m'est offerte. »

Avril

« Grande nouvelle ! Paule ne fait plus que des livraisons pour l'épicerie, le chapelier d'Ernest l'ayant embauchée tous les samedis afin de remplacer une vendeuse en congé maternité. Me voilà soulagée. C'est un emploi stable, bien rémunéré et surtout qui lui laisse du temps pour travailler. Je suis stupéfaite de ses résultats. Gabrielle me dit qu'elle pourrait faire mieux, mais quand je vois tout ce qu'elle fait à côté, je me dis qu'elle doit être vraiment très intelligente pour réussir en ayant si peu de temps de travail.

Paule est effectivement très intelligente. Ils sont en train de préparer leurs examens et j'ai proposé à Gabrielle d'inviter leurs deux autres amis pour venir travailler à la maison. Irina, russe d'origine, est directe, rapide et efficace. Bertrand est plus timoré, mais très doué pour appréhender les notions. Gabrielle est remarquable de finesse et de justesse. Quant à ma petite Paule, elle est incroyable. Elle pose toujours la question qui dérange, celle qui remet en cause les théories et celle à laquelle on n'a jamais pensé. Elle se tait, son visage se concentre sur une idée et hop, ça sort de façon inattendue. C'est juste, vrai et épatant. Autant les autres sont prévisibles, logiques, carrés, autant elle est imprévisible. Un électron libre qui maîtrise absolument tout. Je comprends mieux pourquoi Gabrielle dit qu'elle pourrait faire mieux. Tout semble facile pour elle. Sauf l'anglais. Alors là, il faut que je fasse quelque chose, c'est une vraie catastrophe. Elle a un accent, mon Dieu, mais un accent ! J'ignore d'où il sort, mais il est impossible ! On ne peut pas faire du commerce international avec un accent aussi horrible. J'ai décidé d'en parler avec Philémon. »

Juillet

« La Générale de Montoire, que je ne connais que de nom, m'a appelée aujourd'hui. Elle venait de discuter avec Paule et voulait me remercier de tout ce que je faisais pour elle. Nous avons longuement discuté et ce fut très agréable. Je lui ai expliqué que Paule était adorable, ce à quoi Madame de Montoire a ajouté qu'elle pouvait aussi être friponne. Je lui ai dit que je m'en rendais compte quand elle était avec Ernest. Je lui ai expliqué que ses résultats étaient plutôt positifs et que j'étais contente qu'elle puisse continuer ses études à Paris. J'ai appris que Paule ne prenait pas pour autant de vacances et qu'elle avait pris des petits emplois dans le Jura. J'ai découvert qu'elle faisait des livraisons pour le boulanger ou pour le boucher puisqu'il n'y avait pas de commerces à Neublans. J'ai appris avec plaisir qu'elle était employée à l'accueil du Crédit Agricole de Pierre de Bresse tout en faisant le marché le lundi matin. Je suis restée bouche bée devant la quantité d'activités que pouvait avoir Paule espérant qu'elle trouvait toutefois le temps de se reposer.

Je viens de recevoir un colis du Jura de la part de Justin et Marie Simone Bricard qui me remercient d'accueillir Paule dans ma demeure. Rosalie est ravie de toutes ces bonnes choses à manger. Quant à moi, je me dis que je ne suis pas la seule à avoir été conquise par ce petit bout. »

Août

« Je rentre de Normandie. La cidrerie ne va pas trop mal. Armande apprend le métier et je trouve qu'elle apprend bien. Son frère Philéas a repris le domaine de Cognac et par chance, elle a choisi de reprendre la distillerie. Ce qui m'inquiète le plus est le jeune homme qui lui tourne autour. Je n'aime pas ce genre d'individu. Armande est une jolie jeune fille avec un bel avenir devant elle et un nom qui sonne bien. Ce ne sont que des ressentis, bien évidemment, mais, malgré tout, quelque chose me dérange chez ce jeune homme. Il me faudrait sans doute en parler à Camille, mon neveu, mais je crains de déclencher son ire ».

Paule referma le journal d'Aliénor de Montmorency.

– *J'aime bien son style*, commenta Auguste.

– C'est fou, fit Paule, j'ai l'impression de me retrouver vingt ans plus tôt. Si j'avais su, j'aurais pris davantage soin d'elle.

– *A priori, vu ce que nous venons de lire, vous l'avez fait. Allez, au lit, il est tard.*

Septembre

« Paule est revenue. Elle est toute bronzée, mais pas d'être allée à la plage ! J'aime beaucoup cette enfant. Elle a un effet très positif sur Gabrielle qui s'épanouit à son contact. »

Octobre

« Paule est incroyable ! Elle appelle Gabrielle, Gaby ! Et celle-ci ne lui arrache pas les yeux ! Je n'en reviens pas. Si l'un d'entre nous osait cette intimité, elle nous crucifierait sur place. J'en reste estomaquée. Et le pire est qu'être appelée Gaby semble lui faire plaisir. Terriblement plaisir. »

Décembre

«Seigneur, j'ai bien cru que je ne sortirais jamais de cette période. Ma pauvre petite Paule a été mise à rude épreuve. J'ai eu la bonne idée d'attraper la grippe en novembre et du fait de mon âge ou du virus ou des deux associés, je fus fort malade. Les antibiotiques favorisant les effets secondaires, j'ai ajouté aux symptômes normaux une infection intestinale qui me tint sur les toilettes jour et nuit. J'en ai honte. Paule a servi de garde-malade et d'agent d'entretien. La gravité de mon état l'a obligée à rester à demeure et à récupérer les cours déposés par Gabrielle, Irina ou Bertrand à la loge. Et bien évidemment, c'est tombé en période de partiels. Paule s'est arrangée avec la direction pour ne venir passer que l'examen et ce gantée et masquée pour ne pas contaminer ses voisins. J'en ai déduit que ses résultats sont suffisamment éloquents pour obtenir un tel passe-droit. Je crois que lorsque l'on vieillit, il n'y a pas pire que l'incontinence. C'est un état qui montre le délabrement du corps que l'on finit par ne plus maîtriser. Je suis issue d'une noble famille qui n'a jamais été "prout prout" comme dirait Paule, mais nous avons tout de même nos limites dans la familiarité. Eh bien, là, je les ai largement dépassées. Sans que cela perturbe le moins du monde ma petite Paule. Combien de fois me suis-je excusée ! J'ai même pleuré. Et cette jeune femme m'a consolée comme une enfant. Sans jugement et avec affection. Elle a interdit à quiconque de venir pour éviter la contagion ; je la soupçonne surtout d'avoir interdit l'entrée de l'appartement pour me préserver au vu de l'état lamentable dans lequel je me trouvais. Rosalie aussi fut mise en quarantaine et contrainte de déposer les plats chez la concierge qui les déposait elle-même devant la porte. Et cela dura jusqu'à aujourd'hui. Sauf qu'aujourd'hui, je vais mieux. Je peux aller aux toilettes sans faillir et j'y vais de moins en moins. Il faut dire que Paule a mis le paquet : banane, riz, Coca™. Je n'en avais jamais bu de ma vie, je crois qu'à présent, je suis une professionnelle de cette boisson gazeuse. Malgré toute cette ambiance et les contraintes qui lui sont liées, Paule ne semble pas s'inquiéter de ses résultats à venir. Elle affronte tout avec un calme qui m'effraie. »

« Paule est enfin partie en vacances pour se reposer dans le Jura. Je suis encore fatiguée et c'est Gabrielle qui a pris le relais. Armande et Philéas sont passés et sont enchantés de leur apprentissage sur nos domaines. Nous avons fait en sorte de ne jamais parler de Paule afin de ne pas les rembrunir. Leur jalousie me sidère. Quand je vois comment la famille de Paule a accepté Ernest et comment la mienne voit Paule, je me dis qu'il y a un fossé. Et je confirme que je n'aime pas le jeune homme qui tourne autour d'Armande. »

1991. Journal d'Aliénor de Montmorency

Janvier

« Paule est revenue chargée de victuailles et totalement reposée. Elle a travaillé bien sûr, mais seulement à l'accueil de la banque. Gabrielle aimerait faire comme elle, mais sa maîtrise du suédois — qui est sa langue maternelle — l'a poussée à frapper à la porte de l'ambassade à Paris. Elle y travaille uniquement pendant les vacances, son père lui ayant interdit de se dissiper le reste de l'année. Gabrielle a argué que Paule travaillait toute l'année. Ce à quoi son père a répondu que la situation économique de Paule ne lui laissait guère le choix. « En revanche, toi, tu dois profiter de notre argent pour exceller. Les domaines des de Plessis du Charme vont être donnés à ton frère et ta sœur, la seule chose que tu posséderas sera ce que tu auras construit. Tu ne peux donc pas te contenter d'être très bonne élève, il faut que tu sois brillante pour obtenir les meilleures postes. L'argent ne fait pas tout dans l'existence, mais il facilite beaucoup de choses comme assurer la sécurité d'une famille. Camille a raison. L'avenir de Gabrielle n'appartient qu'à elle. »

1993. Journal d'Aliénor de Montmorency

Avril

« Je crois que j'aimerais avoir de nouveau la grippe. Ce serait préférable à la calamité qui s'annonce : Marie-Amélie de Joinville. Insupportable. Je suis sûre que les Égyptiens l'ont oubliée quand ils ont fait la liste des plaies. Plus snob que ça, c'est impossible. Snob et bête. Nous n'avions plus de nouvelles depuis trois ans et voilà que la peste et le choléra font de nouveau leur apparition. Je déteste cette femme. Elle est tout ce que j'exècre. Elle est mondaine, prétentieuse, collet monté. Sa famille est de très grande noblesse et elle nous toise comme si nous étions des parvenus, tout ça parce que nous possédons une cidrerie, moins noble qu'être directeur de banque ou d'une entreprise du CAC 40. Paule m'a conseillé de refuser de l'inviter, mais malheureusement je ne puis. Les Joinville sont de vieilles connaissances de Philémon. Les ignorer serait malvenu. Je vais donc passer les quinze jours qui arrivent à établir le repas avec Rosalie, puis les quinze jours suivants à faire un plan de table. Parce que les Joinville vont venir à cinq : le couple et les trois enfants. Il me faut inviter mon frère et son épouse, leur fils et Solveig, son épouse et ma Gabrielle. Je demanderai à Armande et Philéas s'ils sont disponibles, mais je doute qu'ils puissent se déplacer. Ce qui m'exaspère le plus est que je vais devoir demander à Paule de s'éclipser. Ma douce Paule qui comme par hasard vient de me dire qu'Ernest et elle avaient prévu une visite au zoo de Vincennes. Délicate attention pour que je ne perde pas la face. »

Mai

"Demain, les Joinville sont là. « Pour fêter dignement la Libération ». J'exècre cette date du 8 mai. Je hais les alliés, les nazis depuis 1944, depuis qu'ils ont tué ma sœur et je vais devoir fêter "dignement" la fin de la guerre. Je hais la guerre. La fin de la guerre m'a arraché le cœur. J'ai craché ma colère au visage de mon frère qui est resté coi. Paule, involontairement, est venue à son secours. Elle a interrompu le flot de mes paroles en rentrant avec le front tuméfié et une entaille près de la tempe. Paule ? Non, ce n'est rien. Viens ici, ordonna mon frère. Non, mais ça va. Je suis tombée. Mon frère et moi, nous insistâmes tant et si bien qu'elle finit par nous expliquer que deux élèves de troisième année avaient agressé Gabrielle à la sortie de l'établissement. Paule, qui avait été retenue par un enseignant à la fin de l'heure, était arrivée au moment où l'un d'entre eux essayait d'embrasser Gabrielle. Ni une ni deux, elle s'était interposée récupérant au passage une volée d'insultes auxquelles elle répliqua. Ce qui agaça prodigieusement les deux agresseurs de ma petite nièce. Le ton monta, et ils en vinrent aux mains. Bertrand arriva à la rescousse de Paule au moment où celle-ci recevait un coup au visage. Les deux amis ne se privèrent pas pour appliquer la loi du talion. Les deux agresseurs de Gabrielle n'étaient pas des habitués des bagarres de rue au contraire de ses deux défenseurs. Paule avait appris à se battre grâce à son oncle Raymond et Bertrand avait appris dans les cours d'école à défendre l'honneur de ses parents éleveurs de cochons. Le résultat des courses fut un œil au beurre noir pour l'un et une belle entaille pour l'autre. Quant aux agresseurs, selon Paule, "ils ne sont pas près de revenir à l'école vu l'état dans lequel on les a mis !" Pendant tout son récit, mon frère avait gardé les yeux fixés sur elle tandis que je m'étais assise sur le canapé. "Ah, j'oubliais le mieux, s'exclama Paule toute fière, Irina leur a craché au visage. Elle sait drôlement bien viser". Nous étions malgré tout atterrés, même sidérés. Nous n'eûmes pas le temps de réfléchir qu'on tambourinait à la porte qui s'ouvrit.

– Maréchal des logis ?

Irina, Bertrand, Ernest et Gabrielle venaient d'entrer. Mon frère leur barra le passage et exigea une explication. Ce fut une véritable cacophonie qui raconta la même histoire que Paule. Irina se vanta de son crachat, Bertrand était très fier d'avoir encore du répondant, quant à Gabrielle, elle tentait vainement de retenir ses larmes. Ernest se contenta de soulever le visage de son amie.

– C'est moche, on dirait que tu t'es pris la branche du prunier.

– Oh bah ! Alors ça va.

Ernest, sans que nous le lui demandions, nous raconta comment Paule se cognait régulièrement, avec une certaine aisance, aux branches, aux portes, à tous les obstacles se trouvant sur son chemin.

– Suzanne a toujours des pansements, des bandages et de la crème contre les bosses. Même qu'une fois, c'est Geneviève qui a fait des points de suture !

– Maréchal des logis, tu es cinglée, mais je t'aime fort quand même.

Mon frère et moi gardâmes auprès de nous les mousquetaires ce qui coupa court à ma colère contre l'arrivée des de Joinville.

– Elle lui ressemble terriblement.

J'ignore de qui parlait mon frère et à qui il faisait allusion, mais je constatais qu'il était profondément bouleversé.

– Je ne suis pas un homme bien.

Je n'ai rien compris et je crois que je n'ai pas envie de comprendre. De toute façon, je n'ai posé aucune question."

– *Ben, nous non plus, on comprend rien*, fit Auguste. *Ils sont pénibles avec leurs secrets qui n'en sont pas.*

– Alors là, je suis d'accord. Allez, au lit.

– *Ah non ! Moi, je veux lire le déjeuner avec les de Joinville.*

– Auguste !

– *Oui, peut-être que c'est pas important pour vous, mais moi je veux savoir.*

Paule sourit, rouvrit le journal et reprit sa lecture.

8 mai

"Nous étions tellement bouleversés que nous avions oublié la catastrophe du jour. Les de Joinville, certes, mais surtout l'absence de Rosalie. La pauvre s'était fait une entorse une semaine plus tôt et ne pouvait venir préparer le repas. Philémon avait proposé de prendre l'apéritif à la maison et ensuite d'aller au restaurant. C'était fort déplacé, mais sans cuisinière, il me semblait difficile de faire autrement. J'entendais déjà les sarcasmes de Marie-Amélie. Mais, c'était sans compter sur Paule. Lorsque nous sommes rentrés chez moi, après la cérémonie, une odeur fort agréable émanait de la cuisine. Mon frère et moi eûmes l'espoir de voir Rosalie rétablie quand soudain, nous vîmes apparaître Ernest en livrée.

. – Si ces Messieurs Dames m'autorisent.

Les de Joinville étaient bien trop émoustillés par l'accueil qui leur était fait pour se rendre compte de la stupéfaction qui se lisait sur nos visages. Ernest, après nous avoir débarrassés, nous indiqua avec une rare élégance le salon où un remarquable apéritif apparaissait devant nos yeux. Ernest annonça « Madame est servie » avec le ton et les manières qu'il fallait. Mes invités s'installèrent selon le plan de table et Paule surgit de la cuisine, vêtue en soubrette, apportant un velouté d'asperges aux crevettes divinement bon et divinement bien présenté. Camille et Solveig, fort heureusement pour nous, lancèrent la conversation et nous finîmes par nous habituer à voir Ernest servir le vin et Paule apporter les plats et débarrasser. Un saumon froid avec sa mayonnaise maison fut suivi par un coq au vin d'un goût exquis accompagné de pommes de terre sautées et de croûtons aillés. S'ensuivit un plat de fromage du terroir accompagné des meilleurs vins et des profiteroles clôturèrent ce repas. Le café fut servi au salon et, là, ce fut un miracle. Si. Marie-Amélie appela Paule.

– Votre coq au vin était assez bon, mais pensez à mieux doser le sel et à choisir les légumes. Nous sommes en mai, des légumes auraient été préférables aux pommes de terre.

C'était dit avec un ton hautain, mais Paule ne broncha pas.

– Vous avez bien choisi vos extras ma chère, dit-elle en s'adressant à moi, mais il ne faut pas hésiter à les conseiller de façon à ce qu'ils s'améliorent. En revanche, permettez-moi de vous dire que votre laquais aurait pu être plus beau.

Quel culot ! Je crois que c'est à ce moment-là que mon frère et moi eûmes l'envie de les tuer.

– Je ne me formalise pas, mais faites attention si vous invitez l'ambassadeur.

Je vis que même la mère de Gabrielle, pourtant issue des Löwen et habituée aux mondanités, retenait ses répliques.

– Mon petit, continua, imperturbable, la Joinville, sachez que vous servez dans une noble famille et qu'il faut que vous soyez toujours à la hauteur. Ainsi vous pourrez progresser et faire honneur à vos employeurs.

Paule fit une courte référence avant de répondre :

– Oui, Madame.

– Mon fils, Paul-Marie, organise une réception d'ici peu afin d'entrer dans le monde. Bien sûr, Gabrielle, vous serez la première invitée de ce grand bal.

– Gabrielle a fort à faire avec ses études, commença sa mère.

– Gabrielle est une jeune fille à marier, Solveig. Il est temps d'y penser.

Quelle pie ! J'en aurais pleuré. C'est alors que Paule donna l'estocade en revenant au salon.

– Madame la Comtesse souhaite-t-elle que je serve le café ?

Elle s'adressait directement à Solveig. Celle-ci lui rendit un sourire radieux tandis que nous restâmes stupéfaits. D'où savait-elle que Solveig était comtesse ? !

– Merci, Paule.

– Comtesse ? questionna Marie-Amélie soudainement très intéressée.

– Oui.

– J'ignorais. À quelle branche êtes-vous liée ?

– Je suis suédoise donc aux Bernadotte.

Aux Bernadotte ! Solveig était extraordinaire. Elle devait sans doute être liée à la famille royale, mais au moins autant que nous l'étions avec les Valois ou les Bourbons, c'est-à-dire des arrière-petits-cousins d'un quelconque oncle perdu dans la foule !

– Il me semble que vous êtes issus de barons normands ?

Le mépris qui accompagnait cette phrase me hérissa le poil.

– Nous avons un lien avec les Noailles, intervint ma belle-sœur, par l'intermédiaire d'Adélaïde.

– Adélaïde ?

– Oui, notre sœur. Elle a perdu la vie en 1944, expliqua mon frère.

– Comme c'est cruel. A-t-elle eu des descendants ?

– Non. Elle n'a pas eu le temps. Les bombes tombent plus vite que les enfants ne naissent.

Paule empêcha, par son retour, l'installation du malaise que je venais de déclencher.

– Le café, Madame la Comtesse.

– Parfait. Servez nos hôtes, puis Madame la Baronne et Monsieur le Baron, voulez-vous ?

– Bien, Madame.

Paule nous servit avec toute l'adresse que requiert un tel emploi tout en posant à portée de main de magnifiques macarons. Chacun prit une gorgée de café et chacun regarda sa tasse. Le café était… Je ne trouve pas mes mots. Succulent est insuffisant et divin n'est pas assez fort. Un nectar ? Le fait est qu'il apaisa toutes les tensions que ma remarque avait créées. Paul-Marie, cependant, ne put s'empêcher de revenir à la charge et commença une cour assidue auprès de Gabrielle. J'ignore si c'était la beauté naturelle de ma petite nièce ou le titre de comtesse qui en était à l'origine, mais cela commençait sérieusement à m'agacer. Et pas que moi au vu de la tête de son père.

– Madame la Comtesse, Lord Ascot est là, annonça Ernest.

Ernest prit le pardessus d'un charmant jeune homme tout endimanché comme il faut et d'une stature impeccable. Il y eut un instant de flottement que Lord Ascot brisa.

– Pardonnez mon arrivée tardive, Madame la Comtesse, mais l'ambassadeur est un bavard invétéré.

Fort heureusement pour nous, Solveig réagit au quart de tour.

– Je vous en prie Lord Ascot, vous êtes tout excusé. Joignez-vous à nous. Paule ?

– Madame ?

Lord Ascot eut un instant d'embarras qui n'échappa à personne.

– Vous semblez surpris ? lança perfidement Marie-Amélie.

Mais c'était sans compter le flegme anglais.

– Ma foi, oui. Madame la Comtesse, vous m'avez volé ma découverte.

– Je ne saisis pas.

– Votre cuisinière. Vous m'avez volé le laquais, qui est un habitué des repas mondains que j'organise et voilà qu'à présent vous me volez ma cuisinière ! J'étais si fier de ma trouvaille. Madame la Comtesse, mon respect vous est acquis.

– Je vous remercie. Prenez place.

Avant de s'asseoir, il salua le plus élégamment du monde Gabrielle.

– Mademoiselle Gabrielle, vous êtes resplendissante. Je me réjouis à l'idée que vos parents aient accepté ma présence à vos côtés en ce jour particulier.

Mon frère toussa discrètement signifiant à Lord Ascot qu'on ne comprenait strictement rien à la situation ni d'où il venait ni qui il était et encore moins pourquoi il était là.

– Lord Ascot, intervint Ernest, Lady Chesterfield a appelé pour vous rappeler de rentrer dès que possible à Londres et elle ajouté qu'elle apprécierait que vous lui présentiez Mademoiselle Gabrielle.

Il y eut un silence. Il faut dire que personne n'avait entendu le téléphone sonner.

– Merci, Ernest. Je rappellerai la duchesse en rentrant. Je vous prie d'excuser ce manque de savoir-vivre, j'avais donné le numéro de téléphone de mon laquais que je savais servir chez vous. Ma chère mère est une femme toujours très inquiète.

– Votre mère est duchesse ?

– Absolument. Je suis le sixième Lord Ascot et je suis un cousin des Stuart. Mon grand-père a par ailleurs servi aux côtés de Churchill pendant les heures sombres.

– Que de grandes dynasties autour de cette table !

Marie-Amélie n'en pouvait plus. Moi de même, mais pas pour les mêmes raisons. Lord Ascot prit alors en main, tambour battant, la conversation qu'il mena avec brio expliquant qu'il espérait montrer à Gabrielle une exposition du musée de papier de Cassiano dal Pozzo présentée au British Museum. Il expliqua en long en large et en travers qu'il s'agissait d'un recueil d'images de l'Antiquité établies entre le XVIIe et le XVIIIe siècle mettant en avant la vision que ces siècles avaient de l'Antiquité. Marie-Amélie, dépassée par tant d'intelligence, recadra la conversation sur quelque chose de beaucoup plus terre à terre en demandant à Lord Ascot ce qu'il envisageait comme profession et demanda moult détails sur l'arbre généalogique des Ascot, histoire de jauger le patrimoine financier et génétique. Les de Joinville nous quittèrent enfin en promettant qu'on se reverrait. Mais oui, aux calendes grecques !

– Paule ! Ernest ! appela mon frère.

Nos deux domestiques improvisés firent leur apparition.

– Pourriez-vous m'expliquer ce qu'est tout ce cirque !

– Les costumes sont du théâtre de Marigny ; les bonnes manières sont de Gabrielle de Plessis du Charme ; le scénario fut totalement improvisé ; le repas est de moi, nous salua Paule à la façon des comédiens de « Au théâtre ce soir ».

Solveig fut la première à réagir et à applaudir tandis que ma belle-sœur piquait un fou rire qui devint communicatif.

– Paule Maréchale de Saint-Jean et Ernest Villorin, allez-vous changer tout de suite ! ordonna mon frère.

Lorsqu'ils revinrent, nos rires s'éteignaient seulement.

– Tu m'as prise pour une quiche ! bouda Gabrielle.

– Gaby ! Non. À qui voulais-tu que nous demandions des conseils ?

– Vous auriez pu me dire que c'était pour faire ça !

– Non, tu aurais vendu la mèche.

– Merci de la confiance.

– Je te prierai de ne pas bouder, parce que tu viens d'échapper à Paul-Marie. D'ailleurs Lord Ascot, je vous suis redevable.

Ce dernier se leva et la salua.

– C'est moi. Sauf que la prochaine fois, vous êtes priés tous les deux de me dire dans quel état je vais vous trouver !

– Sont bien nos costumes, hein ? s'amusa Paule. C'est Ernest qui les a obtenus du théâtre Marigny.

– Donc, si je résume, commença Camille, le père de Gabrielle, Paule et Ernest ont joué les domestiques et Lord Ascot, vous êtes un vrai Lord et vous connaissez Paule.

– Absolument, Paule m'a appelé tout à l'heure pour me dire que je devais sauver une demoiselle en danger. Je suis donc venu. Mais tu aurais tout de même pu me dire de quoi il s'agissait précisément.

– Pas le temps, lui répondit-elle.

– Paule, lève-toi, lui ordonna Solveig.

Celle-ci s'exécuta et fut enlacée par la mère de Gabrielle.

– Toi, je t'aime !

– Non, mais, ces deux phénomènes ! commenta mon frère encore tout abasourdi.

– Mais, vous n'avez pas mangé ! s'écria soudain mon neveu Camille.

– Non, mais ça va, on a bu du Coca™.

– Non, mais, n'importe quoi vous deux.

Gabrielle se leva et alla leur chercher du pain, du fromage et tout ce qui lui tombait sous la main.

– Bon, d'où vient le repas ? questionna mon frère.

– Paule l'a fait.

– Je suis sérieux.

– Ah ! Bah merci ! s'offusqua faussement Paule. J'ai tout fait !

– Le coq au vin ?

– Facile ! C'est la recette de ma grand-mère.

– Le velouté d'asperges ?

– Tous les autres plats, je les ai faits sous la supervision téléphonique de Rosalie.

– Et le café ?

– C'est moi aussi. Rosalie m'avait montré comment faire. Pourquoi, c'était pas bon ? s'inquiéta soudain Paule.

– Succulent, tu veux dire, tu peux te reconvertir.

– Non, merci.

Nous étions tous assis en train d'admirer nos deux hurluberlus mangeant tranquillement leur pain et leur fromage.

– Ernest, tu es un filou.

– Oui, général, mais je porte très bien la livrée.

Ce soir-là, nous dînâmes en compagnie d'Ernest et Paule. En partant, Camille remercia gauchement ce qu'ils avaient fait pour Gabrielle lors de son agression. Quant à Lord Ascot, il fut adopté partout le monde. Je suis sûre que nous le reverrons souvent. »

– *Ah ! Vous n'en ratez pas une* ! riait Auguste.

– Oui, c'était trop génial ce repas. Je l'avais oublié.

– *Et les de Joinville ?*

– Jamais eu de nouvelle. Gabrielle ayant épousé Lord Ascot, les de Plessis du Charme étaient devenus moins intéressants. Et tant mieux.

1997. Journal d'Aliénor de Montmorency

Mars

« Agathe est morte. Mon cœur est vide, tellement vide. Agathe n'aurait pas dû partir avant Philémon ni avant moi. J'avais prévu d'être la première, suivie de mon frère et de ma belle-sœur. Mais non. Le sort en a décidé autrement. Nous sommes tous dévastés. Par sa mort et par ce qu'elle nous rappelle. Philémon et moi sommes les suivants. Je n'ai pas peur de la mort, mais j'aurais voulu voir grandir les enfants. Ceux de Gabrielle et la petite Noémie, la fille de Paule. J'aurais voulu tellement de choses et il me reste si peu de temps. Paule était là. Paule. Depuis son départ, elle appelle toutes les semaines, vient le plus régulièrement possible avec son petit bout de chou. Aujourd'hui, Ernest et elle étaient là pour Gabrielle et pour nous. Ils pleuraient tous les deux dans le fond de l'église, dans le fond du cimetière. Maintenant, je sais. Je sais que Gabrielle ne sera pas toute seule. Je sais qu'ils seront toujours là pour notre famille. Qu'ils seront là le jour de ma mort. Le jour de celle de Philémon. Si tu savais comme je t'ai aimée, Paule Maréchale de Saint-Jean. Si tu savais. J'avais de nouveau mon Adélaïde avec moi. C'est pour cela que je t'ai tant aimée. Tu étais elle : insouciante, intelligente, sûre de toi, rassurante. Tu étais celle que j'avais perdue et qui s'était réincarnée en toi. J'en suis convaincue. Je suis sûre qu'elle est ton ange gardien ou le mien ; je suis sûre que ta venue dans notre famille a un sens. Que le ciel soit remercié de ce don. Ce journal sera le tien, je l'ai annoncé à Philémon. Il te le donnera. Ces pages ne concernent que toi. Il faut que tu saches aussi que le piano que tu possèdes est celui d'Adélaïde. J'ignore comment et j'ignore pourquoi, mais il a survécu aux bombardements. Quand tu nous as annoncé que ton petit bout de chou voulait apprendre le piano, Philémon et moi avons eu l'idée de te donner l'instrument de notre sœur. Mais connaissant ton orgueil, il nous a fallu louvoyer. C'est Solveig qui a trouvé la solution. J'ignore comment, mais elle a appris à quel magasin de piano tu t'étais adressée et nous avons traficoté avec le vendeur. Nous lui avons vendu le piano d'Adélaïde pour qu'il te le vende. Je n'ai jamais voulu me séparer de lui, il était resté en Normandie dans la maison familiale, mais je sais qu'avec toi, il aura une nouvelle vie. Si tu avais connu Adélaïde, elle te l'aurait donné elle-même. Garde-le précieusement en souvenir de la vieille femme que je suis. Je vais mourir heureuse et c'est grâce à toi. De là-haut, je veillerai sur toi comme toi tu veilleras sur ma famille. Je t'aime. Aliénor de Montmorency de Plessis du Charme. »

Paule laissa couler les larmes abondantes. Auguste tournoyait dans la pièce, ne sachant que dire ou que faire. L'arrivée impromptue de Suzy Suzette lui permit de retrouver une certaine contenance.

– *Bah dites donc, c'est pas la joie.*

Paule renifla et se moucha bruyamment.

– Non, comme vous dites.

– *Si je dérange…*

– Non, vous êtes la bienvenue. C'est juste que cela fait quelques semaines que je me replonge dans le passé.

– *Ouais, des fois faudrait pas. Puis des fois faudrait. C'est quoi qui vous chagrine ?*

– Je pleure sur des gens que j'ai beaucoup aimés et qui me manquent terriblement.

Suzy Suzette s'installa à côté d'elle.

– *C'est qui qui vous manque ?*

Paule raconta alors entre deux sanglots.

– *Ben, moi j'aimerais bien que quelqu'un m'aime comme ça depuis que je suis morte ! Ça me ferait du bien, je suis sûre. Savoir qu'on est aimé quand on est mort, ça veut dire qu'on a fait des trucs bien et qu'on meurt pas pour rien. J'ai été putain par obligation. Je dis pas que j'adorais ça, surtout quand j'étais enfant, mais je crois qu'on s'habitue et puis chez Madame Levaux, j'étais quand même bien traitée. Je veux dire, je devais faire mon taf de clients, mais si un jour j'étais malade, j'avais le droit de me reposer. C'est pas le cas dans tous les bordels. Et puis, avec les autres filles, on avait fini par former une famille. On pouvait s'engueuler, mais quand une avait des problèmes, on était toutes là pour elle. C'est sûr que ça n'a rien à voir avec mes premières années. Quand j'y pense ! J'ai commencé à seize ans ! C'est dingue quand on y pense. Grâce à un oncle. Je vous ai parlé de lui ? Non ? Ah, ben quel salaud. Ma mère était à peine refroidie qu'il m'a vendue à la mère Binert. Pas en tant que putain, mais pour servir. Tu parles ! Je vidais les tinettes et j'allais au charbon. J'avais huit ans. Pis, la mère Binert, elle a tenté de me refourguer à un bordel soi-disant qu'y y'avait des clients pour les gamines. Un bouge. Les filles bossaient à la chaîne. Je me suis sauvée. C'est la grosse Yvonne qui m'a trouvée dans la rue que je me gelais. Elle a eu pitié. Les putains, ça peut avoir du cœur, vous savez. Bref, j'ai débarqué chez la Levaux. Comme aide, puis comme fille. J'ai commencé à seize ans pour remercier de l'hospitalité et parce que j'ai vu qu'on pouvait se faire du blé. C'est pas un métier facile ni agréable, mais j'ai eu de bons moments. C'est pour ça que je voudrais un livre sur moi. Pour avoir l'impression d'avoir eu une belle vie ou d'avoir été quelqu'un de bien.*

– Vous êtes quelqu'un de bien.

– *Oh pour sûr! Sauf que maintenant que je suis morte, ça me fait une belle jambe! D'autant que personne ne sait que j'ai existé!*

Paule lui sourit.

– Eh bien, Suzy Suzette, reprenons.

- *Églantine.*

– Églantine?

- *Oui. C'est mon prénom. Églantine Troussard.*

– Très bien. Églantine, reprenons.

2018

Janvier.

Paule méditait devant son double tableau sur lequel s'étalait la totalité de la vie d'Églantine. Toute la semaine, elle avait, avec l'aide d'Auguste et de Suzy Suzette, réorganisé la chronologie des faits. Une trame assez précise se présentait désormais. Restait à décider du point de départ du manuscrit. Allait-on faire une biographie ; un roman autobiographique, partant d'un événement déclencheur pour revenir dans le passé ; allait-on écrire à la première personne ou rédiger un roman classique ? Il y avait moult possibilités et les trois écrivains en herbe avaient bien du mal à choisir. Ils débattirent toute la semaine sans arriver à trouver la bonne accroche.

– Bon, il ne sert à rien de rester devant ce tableau pendant des heures, laissons faire le temps, nous finirons bien par trouver.

Suzy Suzette et Auguste approuvèrent la proposition de Paule et retournèrent virevolter un peu partout tandis qu'elle retournait à ses chiffres. C'est en travaillant sur le dossier de Monsieur Hartwell que Paule se rappela soudain que la cidrerie était en difficulté. Ni une ni deux, son cerveau se mit en branle et tout en travaillant ses dossiers quotidiens, il se mit à inventorier toutes les solutions possibles pour sauver le domaine des de Plessis du Charme. Il ne lui fallut que quelques jours pour se rendre à l'évidence que ce dont avait besoin la cidrerie c'était d'investisseurs. Avec leur argent, ils renfloueraient une partie des caisses du domaine et rassureraient ainsi la banque. La vente serait alors suspendue et le domaine aurait une seconde chance. Il suffisait de chercher les bons investisseurs et d'obtenir une somme apaisant les craintes bancaires. Elle fit alors une liste de clients potentiellement intéressés et décrocha son téléphone pour demander à Bertrand de faire de même. Ce dernier n'hésita pas un instant et le lendemain donnait une liste de trois noms à Paule. Celle-ci avait répertorié dans sa propre clientèle les Hartwell, Günter Moritz, et deux autres chefs d'entreprise l'un en Pologne et l'autre en Italie. Mais pour arriver à convaincre des investisseurs potentiels, ils avaient besoin de garanties et seule Armande pouvait les leur fournir. Ils décidèrent donc de passer par Gabrielle. Cette dernière contacta sa sœur depuis le Japon. La discussion fut houleuse, Armande ne voulant pas que la famille s'en mêle.

– Tu n'as pas le choix, la cidrerie t'appartient comme le veut la tradition familiale et je ne remets pas cela en cause. J'ai besoin de tes documents comptables pour essayer de trouver un plan de sauvetage du domaine.

– M'accuserais-tu de ne pas avoir su gérer ?

– Armande ! Je ne t'accuse de rien. Arrête d'être toujours sur la défensive. Envoie-moi une copie des documents, un point c'est tout.

Armande se plia de très mauvaises grâces à la demande de sa sœur qui, comme son frère, appartenait malgré tout au conseil d'administration du domaine. Lorsque Gabrielle reçut les documents, elle les transmit immédiatement à Paule qui en fit un rapide résumé à Bertrand. À partir de là, les deux financiers partirent à la conquête des investisseurs. Aucun des deux ne reçut mauvais accueil, bien au contraire. Pour Hartwell, c'était un investissement pour sauver un patrimoine gastronomique ; pour l'investisseur polonais, c'était l'opportunité d'écouler une somme d'argent qui échapperait ainsi aux impôts ; pour celui d'Italie, c'était le gage d'avantages en nature et peut-être la possibilité d'être le premier importateur de Calvados dans sa région ; pour Günter Moritz, il en était autrement. Paule avait pris contact avec lui pour lui expliquer qu'elle avait sans doute un investissement fort intéressant pour lui, qu'elle n'avait pas encore toutes les garanties, mais qu'elle aurait aimé lui en parler de vive voix. Günter Moritz savait pertinemment que si Paule lui proposait un investissement dont le dossier financier n'était pas encore monté, c'était qu'elle y avait un intérêt personnel. Il accepta de la rencontrer, mais demanda que cela se déroulât à Dijon dans son bureau.

– Maître Aberfeld n'a pas cessé de me vanter la décoration de votre bureau, il fallait que je constate par moi-même, expliqua Günter Moritz admirant la vitrine où trônaient les têtes réduites. J'imagine que ce sont des vraies.

– Oui. Un cadeau d'une tribu à oncle Raymond.

– Alors, racontez-moi ce qui se cache derrière ce mystérieux investissement.

Paule lui expliqua qu'il s'agissait de sauver un domaine appartenant à une famille pour laquelle elle éprouvait une très grande affection. Elle raconta le plus précisément possible ses liens avec les de Plessis du Charme et la situation dans laquelle se trouvait la cidrerie.

– Si je comprends bien, ils ont besoin d'une très forte somme d'argent. Qu'attendez-vous de moi ?

– Que vous utilisiez une partie des fonds que vous avez en Autriche.

Auguste siffla d'admiration devant le culot de Paule. Günter Moritz, lui, haussa d'abord les sourcils, puis fixa attentivement son interlocutrice. Elle connaissait la possible origine douteuse de l'argent placé en Autriche, il savait qu'il n'était pas question pour elle de l'utiliser et pourtant c'est ce qu'elle venait de demander. Comprenant la réflexion qui devait être celle de son invité, Paule expliqua.

– La dernière propriétaire du domaine était Adélaïde de Plessis du Charme. En 1944, elle est morte sous les bombes alliées et depuis cette date, sa sœur a toujours détesté les Alliés. Et les nazis. Votre argent autrichien a sans aucun doute une origine suspecte, mais en investissant dans la cidrerie, vous rétablissez l'équilibre. Cet argent peut-être mal gagné permettra de réparer des dommages collatéraux de 1944.

– *Dites donc*, rouspéta Auguste, *c'est du blanchiment d'argent !*

Günter Moritz resta silencieux.

– D'accord, lâcha-t-il soudain. Je vous donnerai accès à un des comptes et vous ferez ce que vous voudrez de l'argent. Je vous fais confiance quant au placement. Si c'est la cidrerie, faites. Prenez la somme dont vous estimerez avoir besoin pour compléter l'apport des autres investisseurs. Votre projet, j'en suis sûr, tiendra la route et je n'ai besoin d'aucune garantie. Je vous fais confiance. Et puis, ajouta-t-il, j'aime assez l'idée de rectifier une erreur. J'aime aussi l'idée de me délester d'une partie de cet argent qui brûle les doigts. La seule chose qui me préoccupe, c'est de savoir si les de Plessis du Charme accepteront de l'argent que nous supposons être peu propre.

– Je me charge de l'expliquer à qui de droit. Ou pas, compléta-t-elle. Vous avez hérité d'un passé dont vous ne portez aucune responsabilité. La réunification a permis à l'État allemand de solder ses comptes avec le Troisième Reich. Je ne vois pas pourquoi vous ne pourriez pas faire de même et redonner de l'honneur à votre nom.

L'ancien chef d'entreprise autrichien sourit à son hôte.

– Hannelore m'a dit que je pouvais avoir toute confiance en vous. Elle n'y connaît strictement rien en finance, mais vous lui avez beaucoup plu. Je dois reconnaître que ma fille est particulièrement perspicace.

Bertrand et Paule mirent trois semaines pour monter le dossier d'investissement, le présenter officiellement à leurs clients et obtenir leur aval. Fin février, Gabrielle pouvait se présenter en Normandie avec une proposition solide. Quand Paule apprit la date du conseil d'administration, elle appela le commandant pour savoir si elle pouvait passer afin de lui donner des documents à transmettre à Armande. Timidement, ce dernier lui demanda s'il ne pouvait pas plutôt descendre à Dijon. Amusée, Paule accepta bien évidemment sa venue.

– *À mon avis, il a envie de voir les têtes réduites* ! se moqua Auguste.

Février

– C'est au sixième ! cria Renée.

Le commandant se stoppa net dans son ascension.

– Je ?

– Vous allez chez la Maréchal. C'est au sixième.

– Comment savez-vous que...

– Oh ! C'est que je repère ceux qui vont chez la Maréchal. J'ai pas envie que n'importe qui débarque chez elle. Vous comprenez, maintenant que je suis son assistante.

– Son assistante ?

– Oui. Rapport à l'accouchement.

– L'accouchement ?

L'incrédulité se lisait sur le visage du commandant.

– Oui. Celle du cinquième. Elle a accouché.

– Quel est le rapport avec Paule ?

– Ah ! Ben, elle a accouché sur le palier ! Le gosse est allé chercher la Maréchal, qui est descendue, qui m'a appelée parce que moi quand j'entends du bruit, je réagis. Je lui ai dit « qu'est-ce que c'est ? ». Elle m'a dit « machine accouche, appelez les secours ». Moi, je dis : c'est quoi ces conneries ? Je monte et je trouve celle du cinquième, jambes écartées, prête et la Maréchal entre les jambes pour recevoir le bébé. Du coup, je redescends. La Maréchal me crie : « sonnez au troisième ». Je sonne au troisième, ils ouvrent, je leur dis « au cinquième » ; Monsieur Jean monte au cinquième et quand je remonte, il soutient la malade, la Maréchal, elle, compte et le petit est dans sa chambre avec la gosse des Jean. Donc, moi, je pose ma cuvette avec de l'eau, tiède, hein, à cause du bébé ; je pose le linge et là, pof, ne voilà pas que celle du cinquième pousse. Jamais vu un accouchement aussi rapide. Les deux presque d'un coup. Et là, Madame Jean se pointe, ça tombait bien puisqu'il fallait tenir le deuxième bébé et moi, je devais surveiller les secours et aller chercher des ciseaux. Donc voilà.

Le commandant resta sans voix.

– Passez d'abord à son bureau, je l'ai pas entendue remonter.

– Merci, Madame, bonne journée Madame.

– Commandant ! Je suis trop contente de vous voir !

Encore sous le choc de la logorrhée de Madame Renée, le commandant mit un peu de temps à réagir.

– *Renée lui a raconté votre exploit de sage-femme*, expliqua Auguste.

– Vous avez rencontré Madame Renée.

– Ah ben là.

Le commandant pénétra dans le bureau de Paule dont il fit le tour.

– Mais c'est encore plus beau que ce que Gabrielle m'a décrit ! Paule, ton bureau est magnifique !

– Merci commandant. J'avoue que j'y suis très bien.

Ils furent interrompus par Nathanaël venant piteusement réclamer du café parce qu'il n'y en avait plus. Le commandant éclata de rire et conseilla à Paule de satisfaire le médecin qui semblait en état de manque. Ils discutèrent un instant dans son bureau, puis montèrent au sixième. Camille de Plessis du Charme admira l'appartement et surtout resta debout planté devant le piano.

– Vous saviez qu'il appartenait à Adélaïde ?

– Alors tu sais.

Ses yeux se posèrent de nouveau sur le piano.

– Je l'ai toujours connu. Il était dans une pièce en Normandie et personne n'avait le droit d'y toucher.

Il surprit le sursaut d'étonnement de Paule.

– Adélaïde était la prunelle des yeux d'Aliénor. Elle a été dévastée à sa mort et ne s'en est jamais remise. Tout ce qui concernait sa sœur était sacré. Le piano, c'est une idée de maman. Quand on a appris que ta petite voulait apprendre à jouer de cet instrument, maman s'est exclamée « mais c'est formidable, elle pourrait utiliser le piano d'Adélaïde ». Je me rappelle qu'on était à Noël et que tout le monde s'est figé autour de la table. Et le plus incroyable, c'est qu'Aliénor a trouvé l'idée excellente. Solveig et moi étions retournés en Afrique et c'est depuis le Sénégal que ma femme a organisé avec Agathe le bidouillage avec le vendeur de pianos. Je ne me rappelle plus exactement les détails, ce que je sais c'est qu'elles se sont amusées comme des petites folles. Tu en joues ?

– Pas depuis la mort de Noémie. Vous savez, je n'ai plus jamais voulu toucher ce piano parce qu'il était celui de ma fille. Mais depuis que je sais que c'est celui d'Adélaïde, c'est différent, j'ai envie, avoua Paule en se mordant la lèvre inférieure.

– Je crois que pour Aliénor, c'était plus ton piano que celui de Noémie.

– *À votre place*, conseilla Auguste, *j'irais m'asseoir tout de suite sur le tabouret et je ferais courir mes doigts sur les touches.*

Paule hésita un instant, puis se lança. Elle s'assit sur le tabouret et découvrit le clavier. Elle lança un regard interrogateur au commandant qui l'encouragea par un signe de tête. Paule se concentra, plaça ses mains et commença quelques gammes. Elle ne put s'empêcher de sursauter en entendant les premières notes. Cela faisait plus de dix ans que ce piano était resté muet et tout à coup il reprenait vie. Le son qu'il émit fit surgir beaucoup de souvenirs et à la grande surprise de Paule, ils la firent sourire.

– Heureusement que Madame Bernhardt ne m'entend pas, parce que je crois que je me ferais disputer.

– À mon avis, tu es un peu rouillée, dit le commandant en riant.

Ils restèrent un instant chacun de leur côté du piano à profiter de ce moment de douceur. Puis, Paule l'invita à la suivre dans son bureau afin de lui expliquer pourquoi elle avait besoin de lui. En entrant dans le bureau, le commandant ne put s'empêcher de se diriger vers le double tableau.

– Suzy Suzette ?

– Oui. Je vais essayer d'écrire sa vie.

– Cela a un rapport avec les dossiers de papa ?

– Non. Les dossiers du général sont là. J'ai seulement commencé le numéro un et c'est pour ça que vous êtes ici. Dans ce qu'il m'a donné, il y avait le journal intime de Madame de Montmorency. J'ai sélectionné les extraits qui concernent Armande et j'aurais voulu qu'elle les lise avant le conseil d'administration.

– Pourquoi ?

– J'ai découvert plein de choses sur moi en lisant ce journal, commença-t-elle en invitant le commandant à s'asseoir, et Armande apprendra plein de choses sur elle-même également. Elle apprendra surtout ce qu'Aliénor pensait d'elle. Armande s'est laissé envahir par le sentiment d'être moins bien que Gabrielle. J'ignore où elle est allée pêcher cette impression, mais il est temps d'y mettre un terme. Guidée ou influencée par Patrick, elle a fait de mauvais choix et mis en danger la cidrerie. Si elle avait pris les décisions seule, elle ne serait pas dans cette situation difficile.

– Tu penses que Patrick a sa part de responsabilité ?

– Patrick est responsable, c'est différent. Ce que je peux vous dire, c'est qu'Aliénor ne l'appréciait pas. Elle avait senti dès le départ qu'il était bien trop ambitieux et surtout très mauvais chef d'entreprise. Patrick ne sait pas ce qu'est la cidrerie, il ne sait pas la gérer et n'a jamais été dans l'état d'esprit des de Plessis du Charme. Ce que veut Patrick, c'est étendre le domaine en conquérant des régions qui ne sont pas « conquérables ». Le Calvados ou une quelconque liqueur n'a aucune chance de succès au pays du whisky, encore moins au pays du saké. Je comprends parfaitement qu'une entreprise cherche de nouveaux marchés, mais il faut rester logique avec les volontés du fondateur et avec la réalité du terrain. Les États-Unis ne sont pas du tout un pays porteur. Armande le sait, mais parce qu'elle est amoureuse...

Le commandant l'observait et on lisait beaucoup d'affection dans son regard.

– Pourquoi veux-tu que ce soit moi qui lui donne ?

– Parce que si je l'envoie par la poste, c'est Patrick qui va ouvrir et il est hors de question qu'il lise le journal intime de Madame de Montmorency. Si je le donne à Gabrielle, Armande le lira après la réunion. Or, elle doit savoir à quel point votre tante avait confiance en elle. C'est le seul moyen que j'ai pour lui faire accepter le plan de financement que Bertrand et moi avons monté.

– Tu as monté un plan de financement pour la cidrerie ? s'étonna le commandant. Comment as-tu su ?

– *Aïe*, fit Auguste.

– Tout se sait en finance. Le fait est que Bertrand et moi avons trouvé des investisseurs qui pourront éponger une partie des dettes et rassurer la banque. Il suffit que le conseil d'administration donne son aval.

– Pourquoi des investisseurs ?

– Ils vont financer la cidrerie et renflouer ainsi les caisses.

– Mais ça veut dire que la cidrerie n'appartiendra plus aux de Plessis du Charme ?

– Les parts qu'ils vont avoir dans la société seront minimes. Armande sera toujours la principale détentrice avec Philéas et Gabrielle. Les investisseurs n'auront aucune part dans les décisions, si ce n'est qu'ils demanderont tous les ans un récapitulatif des comptes pour savoir si leur argent est bien utilisé. Mais en aucune façon, ils n'interviendront dans la gestion du domaine. Sauf s'il périclite.

– Comment peux-tu en être aussi sûre ?

– Parce que Bertrand et moi avons choisi les investisseurs qui correspondent parfaitement à ce dont a besoin la cidrerie. Ils vont investir leur argent pour des raisons qui leur sont personnelles sans pour autant exiger une participation active. Leur seule attente est que l'argent investi finisse par leur rapporter et soit bien utilisé.

– Et Gabrielle est au courant de tout cela ?

– Oui.

– Et vous ne m'en avez pas parlé ? lâcha-t-il un peu vexé.

– Je ne propose rien ni n'affirme rien tant que je n'en suis pas sûre.

– Alors je donnerai tes documents à Armande.

Le regard du commandant glissa sur les cartons rangés dans le fond de la pièce.

– Je n'ai pas encore eu le temps de regarder le reste, je sais qu'il y a apparemment les récits de guerre du général. Je ne comprends pas pourquoi il me les a donnés.

– Tu auras la réponse en les lisant, à mon avis. S'il te les a confiés, c'est qu'ils ont de l'importance pour toi.

Le commandant hésita un instant.

– Tu pourras de temps en temps me donner une idée du contenu ?

– Je vais vous dire, commandant, si jamais je ne trouve rien dans ses récits qui me touchent personnellement, je vous les rendrai.

– Hors de question, s'opposa le commandant. Père a décidé qu'ils te revenaient, il doit en être ainsi.

– Dans ce cas, je vous laisserai les lire et après je les reprendrai.

– Dans ce sens-là, ça va. Sinon, la concierge m'a raconté une drôle d'histoire, poursuivit-il passant du coq à l'âne.

– Comme ?

– Comme un accouchement sur un palier.

– Ah ! Oui ! C'est Victorine qui a accouché de Mathurine et d'Alphonsine.

– Sur le palier.

– Oui. Les petites étaient pressées, s'amusa Paule.

– Et bien sûr, tu as joué les sages-femmes.

– En même temps, je n'avais pas le choix. Mais Monsieur Jean m'a aidée.

Le commandant éclata de rire et finit par demander à Paule de lui raconter elle-même ce qui s'était passé en septembre de l'année dernière. Elle fit un récit animé qui le ravit. Ce dernier le fut plus encore quand elle le conduisit à l'atelier d'Ernest et quand il partagea leur dîner et qu'Ernest lui offrit de passer la nuit dans une de ses chambres d'amis.

Quand le commandant arriva en Normandie la veille du conseil d'administration, il transmit les documents à Armande et se plaça devant la porte du bureau afin d'empêcher toute intrusion tant qu'elle n'avait pas lu. Et toute sortie aussi, du coup. Armande n'avait donc pas le choix. Quand la porte s'ouvrit derrière lui, il vit sa fille en pleurs et, alors que ce n'était pas dans ses habitudes, il ouvrit les bras pour l'accueillir. Ce moment de tendresse paternelle fit jaillir encore plus les larmes, mais permit au père et à sa fille de se retrouver. Le lendemain, c'était une autre Armande qui prenait les rênes du conseil d'administration. C'était l'Armande d'Aliénor ; celle qui maîtrisait toutes les étapes de fabrication des produits du domaine ; celle qui maîtrisait les comptes et qui avait à l'esprit les raisons de l'existence de ce domaine ; c'était la cadette des de Plessis du Charme et l'héritière d'Adélaïde. Patrick tenta bien d'intervenir, mais dut se rendre à l'évidence : son influence sur son épouse relevait désormais du passé. Le plan de financement de Bertrand et de Paule fut adopté à l'unanimité moins une voix, celle de Patrick et la directrice commerciale proposa de recevoir séparément chacun des investisseurs afin de leur présenter l'exploitation.

– Je crois que je dois des excuses à Paule, concéda Armande le soir au dîner.

– Je crois qu'il n'est pas utile de la faire ronchonner, répondit Gabrielle.

– La faire ronchonner ?

– Paule est analyste financier. Préparer des plans d'investissement est son ADN. Quand elle découvre l'existence d'une situation difficile, elle ne peut pas s'empêcher de chercher une solution. Quand nous étions étudiantes, la porcherie des parents de Bertrand s'est trouvée dans une situation quasi identique. Bertrand se triturait les méninges pour les aider et il eut la bonne idée d'en parler à Paule. Cette dernière en a même fait un mémoire pour l'un de nos examens. Remercier Paule pour quelque chose qu'elle trouve naturel et normal, ça la fait toujours ronchonner.

– Je présume que la porcherie a survécu.

– Exact. Le plan que Bertrand et elle ont proposé était du pur velours. J'ai toujours été jalouse de sa capacité à analyser très rapidement les besoins. C'était même agaçant parce qu'elle trouvait tout toujours tout de suite, alors que nous, il nous fallait un temps de réflexion.

– Pourtant, tu as une plus belle carrière qu'elle, railla Patrick.

– Parce que le domaine qui est le mien ou celui d'Irina ne l'a jamais intéressée. Paule est restée une petite fille du Jura, même dans son travail. Je crois que c'est pour ça qu'elle nous a toujours été aussi précieuse. Avec elle, tu gardes les pieds sur terre.

– C'est tout de même incroyable que je n'aie jamais pu la supporter, avoua avec un peu de honte Philéas.

– Vous étiez jaloux, expliqua son père. Votre mère disait que vous aviez peur de perdre notre amour au profit de Paule. Ce qui était franchement bien ridicule.

– Mets-toi à notre place, intervint Armande, quand on venait à Paris, la seule personne dont vous parliez, c'était Paule. En écoutant grand-père, on avait l'impression de parler du Messie !

– C'est vrai. Je reconnais que nous avons notre part de responsabilité, mais vous avouerez tout de même que c'était un sacré phénomène qui est entré dans la famille ! Elle a bousculé tout le monde et mis au jour bien des sentiments différents. Je ne vous cache pas que votre mère l'adorait alors que moi je n'étais guère plus attaché à elle que cela. Jusqu'à ce qu'elle sauve la vie de Gabrielle.

– Papa, tu exagères un petit peu. Ma vie n'était pas en danger.

– Peut-être, mais ils étaient deux et cela aurait pu mal finir.

– Ça, on ne le saura jamais.

– Mais de quoi parlez-vous ?

Gabrielle raconta alors l'agression dont elle avait été victime et l'intervention de Paule et Bertrand. Jonathan, qui avait rejoint son épouse, en profita pour raconter ce que Paule avait fait le jour de leur mariage.

– Philéas, voudrais-tu bien jouer mon rôle ?

Son beau-frère se leva et se tint droit devant Jonathan. Ce dernier se mit alors à lui tapoter la poitrine.

– Écoute-moi bien, Lord Ascot, sixième du nom, petit cousin des Stuart et dont le grand-père a servi Churchill. Si tu fais le moindre outrage à la personne de Gabrielle, si tu la trompes, la frappes, si tu bafoues son honneur, son nom et son corps, où que tu sois, je te retrouverai et je te couperai les parties que je te servirai en pudding !

La fin du discours fut accueillie dans un très grand silence jusqu'à ce que Philéas éclat de rire.

– Elle n'a tout de même pas dit cela ? s'inquiéta le commandant.

– Si ! Et Ernest a promis de m'empaler sur les grilles de Buckingham Palace !

– Ce n'est pas possible ! Rien ne les arrête !

Le rire de Philéas se transforma en fou rire et gagna toute la famille. Le frère et les deux sœurs prolongèrent leurs discussions jusque tard dans la nuit, redonnant vie à la complicité qui les avait toujours unis.

Mars

Paule se réjouit d'apprendre que son plan de financement avait été accepté et décida de fêter la bonne nouvelle avec le docteur Morgenstern. C'était une belle excuse pour justifier sa présence un week-end de plus dans le Jura. Le sachant aux urgences tout le samedi, elle décida d'aller rendre une visite impromptue à la Générale. Cette dernière devint fébrile en la voyant arriver dans le jardin de l'EHPAD. Paule constata qu'elle avait maigri, qu'elle avait les traits fatigués et qu'elle semblait très inquiète. Elle la prit par le bras et lui proposa une petite promenade dans le parc. La vieille dame se laissa mener avec plaisir, mais Paule et Auguste ne purent s'empêcher de remarquer qu'elle restait sur le qui-vive, comme si elle attendait quelque chose avec une certaine inquiétude. Quand ils quittèrent la maison de retraite, Paule avait dans la bouche un léger goût d'amertume dont elle n'arrivait pas à comprendre le sens. Elle prit le volant en ayant en arrière-plan cette sensation que quelque chose aurait dû être dit et ne l'avait pas été. Sur le chemin du retour, après avoir passé la nuit chez Abe, elle prit le chemin des Hays et s'installa sur le banc de la maison.

– *C'est tout de même dingue que personne ne remarque jamais votre voiture ou ne vienne demander ce que vous foutez sur le banc d'une maison abandonnée.*

– Il n'y a pas beaucoup de passages et je pense que les gens doivent s'imaginer que je suis un parent du propriétaire. Je suis venue tellement souvent ici avec ma grand-mère que les gens doivent penser que la maison est à nous.

Auguste fit alors volte-face et lança

– *Mais voilà ! Vous cherchez une maison, vous en avez une !*

– Auguste, elle doit avoir un propriétaire cette maison, répondit-elle après un temps.

– *Absolument. Et vu la façon dont elle est entretenue, je dirais que son bien le préoccupe vraiment fortement. Ça vous coûte quoi de demander si la maison est à vendre ?*

Paule regarda Auguste comme si elle le découvrait. Et surtout comme quelqu'un qui venait de dire à haute et intelligible voix ce que son cœur n'osait formuler.

– *Ça vous en bouche un coin !* s'amusa-t-il. *J'arrive même pas à penser qu'aucun d'entre vous n'ait eu l'idée.*

– Alors là…

Paule restait abasourdie de l'évidence qui venait d'apparaître.

– Et si le propriétaire ne veut pas vendre ?

Auguste sentit la crainte d'être déçue derrière cette question.

– *Le seul problème, c'est qu'on ne peut pas le savoir tant qu'on n'a pas posé la question. En même temps, je n'y connais pas grand-chose, mais voyons les faits tels qu'ils sont : la maison est abandonnée et depuis très longtemps, croyez-moi, au vu de l'état des fenêtres, des volets ; sans compter le jardin et le verger totalement abandonnés. Admettons qu'il y ait un propriétaire à cette maison. Pourquoi ne s'en occupe-t-il pas ? Pourquoi n'entretient-il pas le jardin ? Pourquoi laisse-t-il pourrir les fruits sur les arbres ? Pourquoi n'y a-t-il pas de nom sur la boîte aux lettres ? Pourquoi personne ne se pose la question de savoir pourquoi vous êtes là ? Parce que si je connaissais le propriétaire d'une maison abandonnée, et que je constate la présence régulière d'une femme qui passe par-dessus la barrière pour s'asseoir sur le banc, il me semble que j'irais le prévenir. Et si je le préviens, il y a des chances qu'il prévienne la gendarmerie. Or, on n'a jamais vu un seul condé depuis que nous venons.*

– Il se peut que le propriétaire soit mort et que sa famille ne sache pas que cette maison existe ou qu'ils habitent trop loin pour s'en occuper.

– *Il me paraît difficile dans une succession d'ignorer la présence d'une propriété,* argumenta Auguste. *Quant au fait qu'ils seraient éventuellement loin, on ne laisse pas une maison à l'abandon. On paie quelqu'un une fois par an pour faire l'entretien ou l'on vend, mais on ne laisse pas en friche.*

– Vous avez raison. Quelque chose nous échappe et nous n'aurons le fin mot de l'histoire que lorsque nous aurons pris des renseignements sur le propriétaire.

Paule décrocha son téléphone et envoya un SMS à son notaire de Pierre de Bresse. À sa grande surprise, ce dernier répondit dans l'instant.

– Bonjour maître. Je ne voulais pas vous déranger.

– Madame Maréchale de Saint-Jean, vous ne me dérangez jamais. Que puis-je pour vous ?

– Je me demandais si vous auriez le moyen de connaître le nom du propriétaire d'une maison aux Hays. Elle est totalement abandonnée et j'aurais bien aimé savoir si elle était à vendre.

– Vous avez un numéro de maison ?

– Aucun. Il n'y a même pas de nom sur la boîte aux lettres. Tout ce que je peux vous dire c'est qu'elle est à l'entrée du village quand on arrive de Neublans.

– Elle est totalement abandonnée ?

– Oui. Et depuis très longtemps puisque j'y venais avec ma grand-mère étant enfant.

– Que veniez-vous faire dans cette maison ?

– Ce que je fais en ce moment, nous étions assises sur le banc et nous y passions l'après-midi.

– Vous avez les clés ?

– Non, avoua penaude Paule. On passait par-dessus la barrière.

Elle sentit le sourire du notaire au téléphone.

– Et personne ne vous a jamais rien dit ?

– Personne. Jamais. Même encore maintenant.

– Alors là, voilà un bien joli mystère que je vais m'employer à résoudre. Et je suis bien content que vous m'appeliez parce que j'ai une visite la semaine prochaine pour la maison de votre grand-mère et je pense qu'elle devrait être concluante.

Paule ressentit un léger pincement au cœur.

– Malgré ce que je peux éprouver, c'est une très bonne nouvelle.

– Je vous laisse l'annoncer à vos parents, sachant bien sûr que ça reste une hypothèse. En attendant, je vais me mettre en quête de cette maison des Hays.

– Je vous remercie.

Quand elle raccrocha, Paule se sentit à la fois pleine d'espoir et pleine d'inquiétude.

– Et s'il ne voulait pas vendre ?

– Écoute, lui dit Marie Simone chez laquelle Paule avait décidé de s'arrêter avant de partir pour de bon, la maison est tellement abandonnée que je serais bien curieuse de savoir pourquoi le propriétaire ne voudrait pas vendre.

– Marie Simone a raison, poursuivit Justin. Nous n'avons jamais pensé à cette maison comme ayant un propriétaire, mais c'est forcément le cas. Et peut-être que ce propriétaire sera content d'apprendre que quelqu'un s'intéresse à sa maison.

– Justement ! Et si j'éveillais son intérêt pour sa propre maison et qu'il décide de la garder !

– Paule, as-tu la moindre idée du coût des travaux de remise en état de la maison ? Je vais te dire : remettre le jardin en état ne sera pas très complexe, mais la maison, c'est autre chose. Si elle est dans cet état depuis que tu es petite, ça veut dire qu'il faut refaire l'électricité parce qu'elle n'est pas aux normes ; ça veut dire qu'il y a des chances qu'elle ne soit pas reliée au tout-à-l'égout donc il faut refaire la plomberie ; ça veut dire qu'il faut vérifier la toiture et en cas de fuite, il faut refaire ; ça veut dire qu'il faut vérifier les huisseries : portes, fenêtres, volets. Il faudra sans doute également chasser l'humidité qui a dû s'installer à l'intérieur, assainir les murs et adapter les pièces au temps de maintenant. Et rien que tout ça, ce sera plus cher que la construction d'une maison neuve. Alors, explique-moi quel propriétaire serait suffisamment sensé pour investir jusqu'à 300 000 € pour une maison dont il n'a pas connaissance ou dont il ne s'est jamais occupé et qui plus est dans un bled paumé du Jura.

– Mais le Jura c'est beau !

– Chérie, la coupa Marie Simone, arrête de t'inquiéter. Investir dans cette maison quand on ne s'en est jamais occupé est une perte d'argent. Tu ne peux pas investir plus de 300 000 € dans une maison de campagne dans laquelle tu ne viendras qu'un mois dans l'année. Il faudra que tu paies quelqu'un pour s'occuper des espaces verts.

– Arrête de réfléchir par le négatif, ajouta Justin voyant que Paule allait contrer l'argument de Marie Simone. Je suis sûr que cette maison sera à vendre. Et ça se trouve, le propriétaire on le connaît !

– Mais oui ! le coupa sa femme. Tu penses que si on le connaît, on ira lui dire deux mots !

– Absolument ! On ne va pas laisser filer une telle affaire !

Quand Paule quitta Authumes, elle était plus apaisée. D'autant que Justin et Marie Simone l'avaient rassurée sur une idée qui lui trottait dans la tête depuis une semaine : lire les dossiers du Général, mais sans respecter l'ordre chronologique. Paule n'avait toujours pas vu le lien entre elle et les dossiers de guerre et après en avoir discuté avec Auguste, elle s'était dit qu'effectivement si elle lisait la fin elle comprendrait peut-être pourquoi il lui avait légué son passé militaire. Sauf que Paule éprouvait certaines réserves à ne pas respecter l'ordre voulu par le Général de Plessis du Charme.

– Le plus important pour lui est que tu les lises, avait dit Justin. Quand il a organisé ses dossiers, il avait une idée derrière la tête, mais, toi, tu n'étais pas dans sa tête et peut-être que sa logique à lui n'est pas ta logique. Personnellement, si je t'avais confié des dossiers, peu m'importe le sens dans lequel tu les lirais, l'essentiel serait que tu les lises.

– Et puis, compléta sa femme, si après trois semaines de lecture tu n'en es qu'à l'année 40 et que tu dois aller jusqu'à l'année 72, ça va être long avant de comprendre pourquoi il te les a confiés. Tu pourrais éprouver de l'ennui et laisser tomber. Ce qui serait le pire pour le Général puisque son objectif était que tu lises tout.

En arrivant chez elle, Paule se précipita sur les dossiers et sortit les deux derniers. Le premier se composait d'un dictaphone et d'un ensemble de cassettes et le second d'une enveloppe manuscrite portant son prénom. Il lui fallut attendre le samedi matin pour commencer l'écoute des cassettes, la semaine ayant été consacrée à la rédaction du livre de Suzy Suzette. Le trio s'était effectivement mis d'accord pour rédiger un roman classique et Auguste enfin gagné par l'inspiration — « on va partir du moment où la grosse Yvonne te trouve dans la rue » — dictait très régulièrement les passages à Paule. Au départ, elle saisissait directement sur ordinateur, mais ne s'y trouvant pas à son adroit, elle prit la décision d'écrire le texte puis de le dicter afin de confier sa saisie à une secrétaire qu'elle rémunérerait pour ses travaux. Les dossiers du Général furent donc mis en attente.

Jura 1944. Récit de Briac Altan

Installée confortablement sur le banc de la maison des Hays, Paule enclencha le dictaphone.

« Je m'appelle Briac Altan, j'ai quatre-vingt-huit ans et suis atteint d'un cancer du pancréas. Il ne me reste que peu de temps pour soulager ma conscience. Toute ma vie, j'ai tenté d'effacer ma faute, toute ma vie, j'ai tenté de me racheter, mais la mort n'étant pas loin, les souvenirs reviennent et la culpabilité avec. Elle me tient aux tripes. Quand la Générale m'a appelé, j'ai compris qu'il était temps de vous raconter le passé. Je n'espère pas votre pardon, pas après ce que j'ai fait, mais je ne peux pas mourir sans que vous sachiez. Je suis un vieil homme maintenant et je voudrais reposer en paix. Peut-être que ce que je vais vous raconter sera tout dans le désordre. Je n'ai jamais su parler ni expliquer. Je suis un soldat, pas un prof, j'ai toujours obéi et fait mon travail. J'espère que vous excuserez le côté confus de tout ce que je vais vous dire. Pour m'aider, j'ai demandé votre photo à la Générale parce que ça me fait bizarre de parler à un appareil. J'aurais pu vous recevoir à Saint-Étienne, mais j'ai tellement honte que le regard que vous poseriez sur moi m'empêcherait de parler. C'est un peu lâche, je ne l'ai jamais été de ma vie sauf aujourd'hui et en 40. *On entendit une inspiration forte.* En juin 40, on a vu arriver les premiers boches à Neublans. Il n'y a pas eu de violences, l'armée française étant vers la frontière suisse. Après l'armistice, la ligne de démarcation est passée par Neublans, enfin par le pont qui traverse le Doubs. Il paraît que vous êtes une fille du pays alors vous voyez où ça se trouve. Neublans était en zone libre et Petit-Noir en zone occupée. De toute façon, c'était un gros foutoir. On avait le Jura partagé entre la zone occupée, la zone libre et la zone interdite. Tavaux était dans la première, Chaussin dans la deuxième et Dole dans la troisième. Vous voyez un peu le style ! D'un côté les boches et de l'autre Pétain. Faut quand même imaginer que les bleds allaient être partagés en deux et celui qui a un champ du mauvais côté devait se démerder pour avoir un Ausweis[1] tous les trois mois ! Le Doubs servait de frontière et on avait un poste de boches installé sur le pont de Neublans. Avec des barbelés et des herses mobiles ! Ah ça ! Pour passer fallait en avoir des Ausweis ou alors des passeurs. Il y avait des bons et il y avait des moins bons. On a vu aussi passer du monde d'un côté et de l'autre. Mais moi, ce n'était pas mon problème à l'époque. J'avais seize ans, comme Suzanne. On était conscrits, on allait à la même école et on habitait tous les deux le même village. Moi, j'habitais chemin de la crotte[2], vous voyez en direction de Pierre de Bresse, en bout de village en fait. Il m'arrivait d'aider les parents de Suzanne au moment des moissons ou pour garder les bêtes. Enfin, bref, on se connaissait bien. Quand je regarde votre photo, je me dis que vous lui ressemblez beaucoup. Et pas seulement physiquement. Je sais que vous avez perdu une fille et j'en suis vraiment désolé, d'autant que je vais ajouter à votre peine, ce qui me fait encore bien plus mal. Un réseau s'était formé dans le Jura : le groupe Buckmaster. Le pauvre, il a mal fini en 44. Ils ont tous étés exécutés. Mais, au local aussi, quelques résistants ont donné le jour à un groupe. J'en

---

[1] Autorisation de circuler délivrée par la Kommandantur.
[2] Véritable nom de la rue. Nouvellement baptisée rue Louis Pasteur.

ai fait partie. À seize ans, j'étais persuadé d'être un héros. Tu parles ! Un petit con qui se prenait pour un homme. Comme je bossais dans différents champs, je circulais assez facilement d'un bout à l'autre du coin et le réseau a profité de ce que les Fritz ne prêtaient pas attention aux gosses pour m'embaucher. Je me débrouillais plutôt bien. Je passais des messages au nez et à la barbe des Allemands ! Je passais toujours devant chez Suzanne. Elle n'était pas bête. Elle avait vite compris ce que je faisais et me faisait un petit signe d'encouragement à chaque fois. Elle bossait dur à la ferme : entre les poules, traire les vaches, aider aux champs, elle avait de quoi faire. Elle n'en a jamais souffert, enfin je ne crois pas. Elle a supporté l'Occupation à sa façon. À la façon des gamins qui s'adaptent. On avait une amie commune : Simonetta. Elle aussi a son importance dans ce que j'ai fait. Simonetta. Elle en a fait tourner des têtes ! Vous pensez, une Italienne ! Belle comme le feu. Une chevelure d'encre, des yeux marron qui vous transperçaient. Suzanne était en admiration devant elle, devant son maintien, devant l'insolente liberté qui était la sienne. Suzanne était un très beau brin de fille, mais malgré sa beauté, Simonetta l'emportait largement. Elle était fille de la campagne tandis que notre Italienne venait de la ville. Sa famille avait fui Mussolini et elle avait débarqué dans le Jura avec un petit pécule, avide de liberté. J'étais gosse quand elle est arrivée. Suzanne et moi, on devait avoir sept ou huit ans. C'est dire qu'on la connaissait bien parce qu'en 40, on avait dix ans de plus et donc Simonetta devait avoir une trentaine d'années. Je n'ai jamais su en fait. Elle avait été domestique, fille de ferme avant de servir au café de Petit-Noir. C'était une fille bien et comme tous ceux qui devaient traverser le pont, elle affrontait chaque jour les soldats postés. Beaucoup lui ont fait des avances polies ou musclées, mais elle a toujours refusé les invitations. Aucun n'est arrivé à lui mettre le grappin dessus que ce soit les Allemands ou que ce soit les gens du cru. Jusqu'à Hans Matthias. Il était arrivé du front Est en 42. Ça devait être une belle saloperie de l'autre côté parce que le nouveau régiment qui s'était installé au village était nettement moins conciliant avec la population locale. Les exactions devinrent plus nombreuses et ce qui était supportable cessa de l'être. Mais Hans Matthias, c'était différent. Il ne se comportait pas comme les autres. Les soldats, c'était facile soit ils n'en avaient rien à faire, soit ils étaient agressifs, soit ils étaient polis. La dernière catégorie, on ne l'a pas vue souvent. Jusqu'à lui. Je crois qu'il avait compris que je bossais pour le réseau, je ne sais pas comment, mais je suis sûr qu'il savait. Et pourtant, il ne m'a jamais dénoncé. Je le devine parce qu'un jour, ma selle était mal fixée, il l'a vue et m'a proposé de m'aider à la replacer. Il a dû lire la peur dans mes yeux et il n'a pas insisté. Encore heureux ! C'était là où je planquais les messages. Après ça, à chacun de mes passages, il me disait de faire attention. Un jour, il a croisé la route de Simonetta et ce fut le grand amour. Les deux s'aimaient. Terriblement. Vous pensez bien que ce n'était pas le moment ! Pourtant, ils ont bravé l'interdit et Hans Matthias s'est installé aux Hays avec Simonetta. »

Paule arrêta le déroulement de la cassette laissant s'installer un silence qu'Auguste ne chercha pas à rompre. Les après-midi passés aux Hays avec sa grand-mère commençaient à avoir un sens. La tristesse qu'enfant, elle lisait sur le visage de Suzanne commençait aussi à avoir un sens. Ce ne fut pas le temps frais de mars et son humidité qui prirent possession du corps de Paule, mais plutôt la sourde angoisse d'arriver à une vérité déjà connue. Paule prit ses affaires et quitta le banc pour l'arrière de la maison. Tant bien que mal, elle s'aménagea un petit coin au milieu des herbes hautes et relança le dictaphone.

« À partir de 43, Suzanne devait aller à Petit-Noir pour ravitailler le café en œufs et en lait de la ferme. Cela a permis à votre famille de tenir jusqu'à la Libération. Il y avait des œufs à Petit-Noir, mais une grande partie partait au marché noir et puis le gérant du café voulait soutenir les fermes voisines. Alors, elle passait quasiment tous les jours avec Simonetta. On était des gamins, vous savez. Pourtant, ça ne les a pas empêchés. »

La cassette continuait de tourner, mais la voix du vieil homme s'était tue, remplacée par ce qui devait être des sanglots. On l'entendit se moucher bruyamment, puis sa voix, parfois chevrotante, reprit.

« À l'automne 43, ça a commencé à chauffer dans le département. On a été un peu épargnés au début, mais pas longtemps. En avril 44, les Allemands ont multiplié les représailles à l'encontre des populations et ce jusqu'en septembre 44. Cela aurait dû être un moment de joie, cette Libération, mais non. Hans Matthias, remobilisé pour combattre sur le front, avait refusé de partir, sachant pertinemment comment la population allait se comporter avec Simonetta. Aujourd'hui, on appelle ça la collaboration horizontale. Quelle saloperie ! C'était juste une histoire d'amour. Simonetta n'a jamais collaboré et Hans Matthias avait fermé les yeux sur l'existence du réseau et du maquis. Tout le monde le savait. Mais Simonetta avait refusé les avances de beaucoup de jeunes gens et quatre d'entre eux se sont dit qu'ils avaient l'occasion de se venger. Ce jour-là, je revenais de Authumes. Je me suis arrêté à la ferme de Suzanne, je l'ai appelée, mais je n'ai pas eu de réponse. Je ne sais pas pourquoi, mais j'ai trouvé ça bizarre. Faut dire que l'ambiance était explosive. J'ai dû me méfier. Les villages étaient comme des cocotte-minute et Neublans n'a pas échappé à la règle. J'ai poussé jusqu'au centre. Il y avait foule. Ni grondante ni joyeuse plutôt muette. J'ai honte. J'ai honte d'eux, de moi. Suzanne et Simonetta ont été jetées en pâture à la foule pour collaboration. Bordel ! Suzanne avait seize ans. Elle ne faisait que livrer des œufs ! Je n'ai pas compris pourquoi. Pas tout de suite. Tout ce que je sais, c'est que ma petite Suzanne a été tondue par un salopard de maquisard sorti d'on ne sait où. C'était un qui était entré au maquis au moment où il n'y avait plus de danger. Des comme ça, on en a eu plein. Des bons et des pas bons. Celui-là appartenait à la deuxième catégorie. »

Paule coupa. Elle ne voyait rien, n'entendait rien, elle laissa le vide l'envahir. Le passé surgissait du néant et pourtant il avait toujours été là. Elle aurait dû pleurer, crier peut-être. Rien ne sortait. Elle éprouvait une sorte de calme, comme si elle avait toujours su. Auguste aurait juste voulu qu'elle n'écoute pas la suite. Parce qu'il avait compris et surtout parce que Simonetta était là. Juste à côté de Paule.

« Simonetta était en bas de l'estrade, elle avait déjà été tondue. On les a fait remonter pour les présenter, encadrées par deux gars qui riaient et lançaient des grossièretés. Les femmes furent les plus violentes à l'encontre de Simonetta quand elle redescendit et traversa le village accompagnée de Suzanne. Elle se prit des coups, tomba et se releva aidée par votre grand-mère. Vos grands-parents, ils n'étaient pas là. C'est pour ça qu'ils ont pu arrêter Suzanne, parce qu'elle était toute seule à la ferme ce jour-là. Et parce qu'elle avait défendu Simonetta quand elle avait été arrêtée. Je me rappelle que quand je les ai vues, mon cœur a cessé de battre. Je n'étais pas entré dans le réseau et au maquis pour m'en prendre à des femmes ; moi, je rêvais d'héroïsme, pas de lâcheté. Les gars qui ont fait ça n'ont pas d'honneur. Et surtout, c'était injuste ! Les gars du marché noir et ceux de la milice n'ont pas été les premiers touchés. Mais Simonetta et Suzanne si. Parce que c'était facile. La vie a été dure pendant l'Occupation, les gens cherchaient un exutoire. Mais une gamine ? ! Je n'ai jamais compris. On pourra me dire ce qu'on voudra, ça ne se justifiait pas. Quatre gars ont embarqué de force Simonetta tandis que je m'interposais pour protéger Suzanne. Je l'ai raccompagnée à pied dans le silence de la honte. Elle a pas dit un mot. Rien. J'ai vu les larmes couler et je ne savais pas quoi dire. Ses parents n'étaient pas encore rentrés. J'étais là dans la cour, je ne savais pas quoi faire. Le maire est arrivé et il m'a dit "je vais les attendre et leur parler". Ça m'a rassuré et je suis parti en direction des Hays pour sauver Simonetta. Comme si je pouvais faire quelque chose ! Mais ma chaîne a cassé au niveau du carrefour, près du pont, alors j'ai fait demi-tour pour emprunter le vélo de Suzanne. Et c'est là, à l'embranchement près de la ferme, que j'ai entendu. Des hurlements. Inhumains. La nuit, je les entends encore. Je suis resté là à ne rien faire. Je ne sais pas combien de temps. Quand j'ai compris d'où ça venait, je me suis précipité. Un gars sorti de nulle part m'a barré le passage. Il m'a dit d'attendre mon tour. Je n'ai pas compris. Les hurlements continuaient. J'ai essayé de forcer le passage, mais le gars était plus fort que moi. Ça a duré une éternité. C'est quand je les ai vus, sortant de la cave, contents d'eux, que j'ai compris. J'ai hurlé ma colère, ma haine. Ils sont passés devant moi sans éprouver ni remords ni peur, le maire m'a tapoté sur la joue en disant que j'étais un bon petit gars et ils sont partis. Le gars qui me tenait m'a dit que maintenant je pouvais prendre ma part. Je n'entendais plus les cris, plus les hurlements. Juste le silence, oppressant, terrifiant. Si seulement j'avais su, si seulement j'étais resté, si seulement... Quand j'ai retrouvé mes esprits, je suis allé dans la cave, j'ai trouvé Suzanne, à moitié nue, allongée sur un matelas. Il y avait des bouteilles cassées au sol et du sang s'écoulait de ses jambes. Elle était recroquevillée sur elle-même. Je savais ni quoi dire ni quoi faire. J'ai hurlé. »

Paule coupa. Elle étouffait. Tout venait de prendre un sens : l'interdiction d'aller dans la cave, les insomnies nocturnes de sa grand-mère, les propos incohérents pendant sa fin de vie, la crainte d'être agressée dans sa maison lors de ses dernières années. Elle eut un haut-le-cœur et vomit. Abondamment. Elle s'essuya la bouche et tenta de reprendre son souffle. Elle avait la tête vide, ses jambes vacillaient sous son poids et puis soudain, venue du tréfonds d'elle-même, une fureur prit le pas sur tout le reste. Elle se leva, attrapa la première branche qu'elle trouva au sol, se dirigea vers le petit bâtiment en tôle. Avec une rage incontrôlée, elle se mit à frapper encore et encore en hurlant. Elle ne s'arrêta que lorsqu'elle fut épuisée s'effondrant sur le sol humide et pleura. Auguste tournait et virait ne sachant quoi faire. Doucement, Simonetta vint, en silence, se placer à côté d'elle. Après un moment qui dura une éternité, Paule sentit sa présence. Elle la regarda d'un air hébété avant de faire le lien entre ce qu'elle voyait et ce qu'elle avait entendu. Avant de faire le lien entre ce qu'elle avait déjà vu et ce qu'elle voyait maintenant. Simonetta la regardait avec beaucoup de tendresse et d'affection, mais ne disait rien. Elle laissa les hoquets se calmer. Ce fut Paule qui parla la première.

– Simonetta ?

Celle-ci acquiesça.

– Je vous ai déjà vue.

– *Oui*, fit une voix avec un accent italien prononcé, *dans la cave de ta grand-mère. Tu étais enfant.*

– Pourquoi ne m'a-t-elle jamais rien dit, sanglota-t-elle, j'aurais compris. Je ne serai pas allée dans la cave et elle ne se serait pas fâchée. Je ne l'aurais pas déçue.

– *Ma petite Paule, tu étais la fierté de ta grand-mère. Tu l'as toujours été. Jamais, tu ne l'as déçue.*

– Si. Je suis allée dans la cave et elle m'a giflée. Je l'ai déçue.

Après toutes ces années de bonheur, c'était cette gifle reçue à six ans qui remontait à la surface. Avoir déçu sa grand-mère était la plus grande blessure de Paule avec la perte de sa fille. Simonetta voulut remettre une mèche de cheveux de Paule, mais sa main traversa son visage la faisant sursauter.

– Non, mais oui, ça, c'est chiant, fit Paule en reniflant, on passe au travers.

Simonetta sourit et regarda intensément Paule.

– Je suis tellement désolée, tellement désolée d'avoir fait subir cela à Suzanne. Si nous n'avions pas été amies, elle aurait été épargnée.

Paule se mit alors à observer Simonetta. Elle avait le crâne rasé, le visage tuméfié, sa robe était en lambeaux et des traces de sang séché apparaissaient sur ses jambes. Paule n'avait pas peur de cette image parce qu'elle avait déjà rencontré Simonetta, parce que sa mémoire venait de lui rappeler qu'elles s'étaient déjà parlé et parce que la belle Italienne donnait un sens à toutes les angoisses, à toutes les paroles et à tous les gestes de sa grand-mère. Simonetta donnait un sens à la vie de Paule.

– C'est votre maison.

Ce n'était pas une question, un simple constat.

– On venait ici parce que cette maison était importante pour ma grand-mère. Maintenant, je sais pourquoi.

Il y avait beaucoup de tristesse dans sa voix.

– Si seulement elle m'avait dit…

– Chérie, crois-tu vraiment qu'une grand-mère puisse raconter cela à sa petite fille qu'elle adore ?

– Oui ! se révolta Paule, parce que j'aurais retrouvé les deux salopards qui lui ont fait ça et je leur aurais coupé les couilles !

Paule s'était redressée, branche en main, menaçante. Simonetta ne put s'empêcher de sourire.

– *Je suis sûre que c'est ce que tu aurais fait. Mais je ne pense pas que Suzanne aurait apprécié de voir son petit bout en prison.*

– Mais on n'aurait jamais su que c'était moi !

– *Maréchal des logis, vous dites n'importe quoi*, intervint Auguste.

– Si ! Vous avez toujours été là ? questionna Paule tout en connaissant la réponse.

– *Jusqu'à la mort de ta grand-mère, j'ai vécu avec vous. Bien sûr, elle ne me voyait pas, mais toi si. Quand je m'en suis rendu compte, j'ai fait en sorte que tu me voies le moins possible de façon à ne pas l'inquiéter.*

– *D'où la réputation de parler toute seule !* s'exclama Auguste qui venait d'avoir une illumination.

Les yeux de Paule s'agrandirent et la stupéfaction se lut sur son visage.

– Comment ai-je pu oublier tout ça ?

Paule resta encore un moment son arme à la main, puis retourna vers le dictaphone.

– *Vous êtes sûre de vouloir continuer ?* s'inquiéta Auguste.

– Oui. Je n'ai plus peur.

« La mère de Suzanne a hurlé en voyant sa fille. Le père a ouvert la bouche, m'a regardé, j'ai dit d'une traite : c'est le maire. Il a ouvert grand les yeux et ses épaules se sont affaissées. Il n'a plus jamais reparlé de sa vie. Je ne suis pas rentré chez moi ce soir-là. J'ai dormi dans le bois. Je ne pouvais pas rentrer. J'avais trop honte. Le lendemain, votre grand-père est venu me chercher en charrette. Je ne sais pas comment il a su où me trouver, mais il l'a fait. Il a rien dit. Je suis monté et on est allés aux Hays. On est entrés. La maison avait été totalement saccagée. Meubles, lit, tout était en lambeaux. Il y avait du sang plein la salle d'eau, le sol de la salle. On est allés à l'étage, on n'a rien trouvé, alors on a continué par le grenier. C'est là qu'on l'a trouvée. Simonetta. Mon Dieu. Simonetta. J'ai laissé Suzanne la croyant en sécurité pour te sauver et... son corps. Mon Dieu que lui avaient-ils fait ? J'ai grimpé pour couper la corde tandis que le père de Suzanne soutenait le corps. On l'a descendue et on est allés chercher le linge, les planches et la pelle qui étaient dans la charrette. On est allés dans le fond du jardin, on a creusé et on a enterré Simonetta. On a fait un rapide signe de croix et on est partis. Tout ça sans un mot. Votre grand-mère, elle est allée voir l'armée de Libération quand ils ont débarqué pour obtenir justice. Elle a crié, hurlé, mais c'est son mari qui lui a dit d'arrêter. C'est la guerre qu'il a dit. Je crois que ça a tué Suzanne une deuxième fois. Ça et le bébé. »

Paule coupa de nouveau et regarda Simonetta sans comprendre. Celle-ci se trouva fort gênée.

– De quoi parle-t-il ? s'étrangla-t-elle.

– *Paule…*

– Simonetta, de quoi parle-t-il ?

– *Le maire ne s'est pas contenté d'une fois,* dit-elle avec un filet de voix, *il est revenu plusieurs fois quand vos grands-parents n'étaient pas là. Jusqu'à ce que le commandant de l'armée gérant Neublans y mette un terme. Suzanne n'a jamais rien dit, mais il était inévitable qu'elle tombe enceinte.*

Paule se leva d'un bond et se mit à faire les cent pas. Quelque chose n'arrivait pas à sortir : de la colère sans doute, de la peur de trouver encore pire que ce qu'elle avait entendu.

– Elle est allée au bout de sa grossesse ?

Le silence et le visage baissé de Simonetta lui donnèrent la réponse.

– Qu'est devenu l'enfant ?

C'était dit dans un souffle. C'était dit avec l'envie d'entendre « il est mort à la naissance » ou « il a été donné à l'adoption ». Mais ce n'est pas ce qu'elle entendit. C'est même elle qui trouva la réponse. Réponse qu'elle connaissait depuis toujours.

– Oncle Raymond ?

Simonetta ne protesta pas. Paule resta bouche bée. C'était au-delà de ce à quoi elle s'attendait ; c'était au-delà du pensable, de l'exprimable. Elle se mit à marcher, à marcher sans parler, sans savoir pourquoi elle marchait. Elle avait l'impression que c'était irréel, que tout ce qu'elle avait entendu n'était que le fruit de son imagination, qu'elle allait se réveiller et se dire que tout cela n'était qu'un cauchemar.

– Est-ce qu'il le sait ?

– *Non !* *Non !* s'exclama affolée Simonetta. *Jamais Raymond ne s'est douté. Personne dans le village. La seule chose que les gens croyaient était qu'il était un enfant de la honte. Ceux qui auraient pu se douter, se sont tus.*

– C'est mon parrain ! Oncle Raymond !

Paule ne pouvait s'empêcher d'être écœurée ce qu'Auguste perçut très vite.

– *Paule*, lui dit-il doucement, *il est une victime. Tout comme votre grand-mère. Ne portez pas sur lui votre colère ou votre haine. Elles sont légitimes, mais il est un innocent.*

Paule allait répliquer, mais elle retint les mots.

– Vous avez raison. Mais c'est tellement monstrueux. Ils sont les êtres que j'ai le plus aimés et que j'aime le plus, et l'un est né de l'innommable ! Ma grand-mère m'a entendu vanter les mérites d'oncle Raymond alors qu'il est né de son viol ! J'ai ajouté à sa propre souffrance !

– *Paule !* s'interposa Simonetta, *tu n'as rien fait ! Raymond n'a rien fait ! C'est vrai que Suzanne n'a jamais aimé Raymond et pour te dire, je ne suis pas sûre qu'elle aimait le moindre de ses enfants. Ton grand-père avait trente-deux ans quand il l'a épousée. Il revenait d'Allemagne où il avait été prisonnier de guerre. Il n'était pas marié, ni fiancé et dut affronter lui aussi la haine. Il* était considéré comme un traître pour avoir travaillé pour l'occupant. *Il habitait Fretterans, il s'est mis au service de ton arrière-grand-père qui cherchait de la main-d'œuvre pour les bêtes, il a su que Suzanne était enceinte, il n'a pas posé de questions et a proposé de l'épouser. Ils n'ont pas été un couple heureux, mais ils se sont soutenus dans les moments les plus difficiles. Elle lui a donné la possibilité d'avoir une famille et de laver son honneur, et lui, il lui a offert la sécurité et la protection. Ton arrière-grand-père lui a légué la ferme et, lui, il a pris à sa charge cet enfant de l'horreur. Je crois qu'il aimait bien Raymond parce que c'était un enfant un peu sauvage, donnant le meilleur de lui-même pour ne pas décevoir. Raymond ne s'est jamais senti à sa place dans cette famille, mais il a assumé son rôle de frère aîné. Quand tu es née, tu lui as donné une joie immense parce que tu étais comme un petit bout de lui-même. Je crois que Suzanne a commencé à apprécier Raymond quand elle a vu le regard admiratif de petite fille que tu posais sur lui. Je crois que c'est là qu'elle a commencé à se dire qu'il était lui aussi une victime. Et c'est là qu'elle a commencé à t'amener plus régulièrement ici.*

– C'est pour ça qu'oncle Raymond est si protecteur, analysa Auguste à voix haute. *Il ne sait pas pourquoi sa mère ne l'aimait pas, il ne lui en a jamais voulu et a reporté tout son amour sur vous. C'est vraiment un type bien. En attendant, si je chope les salopards qui ont fait ça à votre grand-mère, c'est moi qui leur coupe les couilles. Je suis mieux placé.*

– Avec ma chance, ils sont allés au paradis, souffla-t-elle avec affliction.

– *Merde ! Non ! À mon avis, les Parques les ont envoyés au purgatoire. Et ils doivent en baver des ronds de chapeau !*

– Il y a plutôt intérêt, sinon quand j'arriverai là-haut, je péterai un scandale ! Je crois que je n'ai pas envie d'écouter la suite.

– *Il le faudrait pourtant. Vous êtes allée trop loin pour vous arrêter.*

Résignée, elle s'assit et lança la lecture.

« Un fils. Elle a mis au monde un fils. Je ne l'ai pas su tout de suite parce que j'ai fui la région en suivant le capitaine de Plessis du Charme qui partait pour l'Allemagne. »

Paule coupa.

– De Plessis du Charme ?

– *Oui,* expliqua Simonetta, *c'est lui qui avait la charge de maintenir l'ordre.*

– *Maintenant, on connaît le lien entre les de Plessis du Charme et vous*, dit Auguste. *Il aurait pu le dire qu'on gagne du temps.*

Paule appuya sur la touche lecture.

« J'ai découvert l'enfant à notre retour de la campagne d'Allemagne. Suzanne était mariée et son époux travaillait à la ferme. Le capitaine était devenu commandant et avait été missionné pour remettre des médailles de l'honneur aux fonctionnaires qui avaient lutté contre l'occupant. Quelle belle fumisterie ! J'ai cru qu'il allait vomir quand il a remis sa médaille au maire. Parce que l'État français a remis une médaille à ce salopard pour bons et loyaux services et ce salopard est resté en poste jusqu'à sa mort. Sans que personne ne le remette en cause. À part sa fille. Elle a eu connaissance de la plainte des parents de Suzanne et je sais qu'elle a fait tout ce qu'elle a pu pour que justice soit rendue. Sauf que l'État français était dans une telle situation merdique qu'ils ont maintenu au pouvoir les fonctionnaires déjà en place afin de rétablir le plus rapidement possible la république. Elle a tellement été outrée de cet abus qu'elle a coupé les ponts avec son paternel et a systématiquement soutenu son adversaire aux municipales. Ce n'était pas grand-chose, mais c'était suffisant pour le mettre mal à l'aise. Je me suis même proposé pour lui régler son compte, mais le commandant m'en a empêché. "Pensez à Suzanne". Justement, je pensais à Suzanne. Mais d'après le commandant, cela lui aurait rendu la vie impossible. *On entendit un soupir.* Voilà. Vous savez tout. Je ne suis pas fier de ce que j'ai fait. J'ai honte. La Générale et moi, on s'est promis qu'un jour vous sauriez tout. Maintenant, c'est fait. Je ne sais pas ce que vous allez en faire, mais je sais que je viens de vous blesser profondément. Je n'attends pas le pardon, je suis prêt à prendre ma part, l'enfer ne m'effraie pas, j'y ai ma place. Mais c'est à vous que je pense. Je viens de vous livrer un très lourd fardeau et je voudrais que vous en libériez la Générale. Elle ne mérite pas de mourir dans la culpabilité. »

Paule comprenait maintenant pourquoi Philémon de Plessis du Charme lui avait légué ses récits de guerre. Leur contenu devait sans aucun doute expliquer pourquoi il n'avait pas rendu justice à sa grand-mère. Elle comprenait aussi pourquoi la Générale était si attentionnée à l'encontre de sa grand-mère ; pourquoi les de Plessis du Charme avaient joué les mécènes. Chacun avait quelque chose à se faire pardonner et Paule était celle qui pouvait apaiser leur conscience. Pour l'instant, elle n'avait envie de rien. Ni de pardonner, ni de juger, ni de condamner. Quand elle éteignit le dictaphone, elle s'adossa au mur de la maison, ferma les yeux et se laissa porter. Ni Simonetta ni Auguste n'interrompirent ce qui ressemblait à de la méditation. Ils éprouvaient une certaine forme de gêne à ne pas savoir quoi faire ni quoi dire et concentrèrent leurs pensées sur Paule qui venait de s'endormir. Ils la regardaient depuis un très long moment lorsque Auguste, n'y tenant plus, commença à converser.

– *Elle est finalement très attachante.*

Simonetta le regarda et approuva.

– *J'en reviens pas qu'elle arrive à nous voir ! C'est dingue ! Je vais finir par me dire que l'erreur des Parques est la meilleure idée qu'elles aient eue.*

Devant le regard interrogatif de Simonetta, Auguste se mit à raconter la raison de sa présence parmi les vivants.

Il enchaîna avec sa rencontre avec Paule et les derniers événements qui venaient de jalonner sa vie.

– *C'est étrange*, finit par dire Simonetta, *je ne me rappelle pas que l'on m'ait proposé le paradis.*

Auguste resta silencieux, digérant cette étrange affirmation.

– *Il est bien possible*, commença-t-il, *que l'on vous ait proposé le paradis, mais que la colère ou la douleur qui devaient être les vôtres vous ont aveuglée au point de ne pas voir le chemin. Parce que, voyez-vous, le chemin je l'ai vu et si moi, qui ai eu une vie fort peu dans les clous, je l'ai vu, je ne vois pas pourquoi ils vous l'auraient refusé. Non, à mon avis, le chemin s'est ouvert, mais vous ne l'avez pas vu.*

Simonetta le regardait pensivement.

– *Je n'ai pas vu Hans Matthias. J'aurais dû le voir, non ?*

– *Je vous avouerai que j'ignore totalement comment ça fonctionne. Ça se trouve, il y a plusieurs chemins. Ou alors, c'était dans votre destinée de rester ici. Pour Paule. Ou pour Suzanne.*

– *Vous savez, quand elle est morte, j'étais dans la chambre. Je l'ai vue partir. Elle était la Suzanne que j'avais toujours connue. Ça m'a fait du bien. Et puis quand j'ai vu la peine de Paule, je me suis dit que c'était bien que je reste pour le cas où elle aurait besoin de moi. C'est ridicule, n'est-ce pas ?*

– *Non. J'aurais pensé pareil. D'autant qu'elle vous voit. Ce serait bête de ne pas profiter de cette incroyable situation. Bon, il faudrait peut-être qu'on la réveille.*

– *Pourquoi ? Elle semble si apaisée.*

– *Certes, mais comme dit le proverbe « fesses mouillées, nez grippé ».*

Simonetta éclata d'un rire qui fit ouvrir un œil à Paule.

– *Oh ! Pardon ! Je ne voulais pas te réveiller.*

– Non, mais ça va, dit Paule en s'étirant. Quelle heure est-il ?

– *Il est temps de reprendre la route et d'aller se mettre au chaud !*

Paule les regarda tous les deux.

– Pourquoi êtes-vous restée ?

– *On ne m'a pas appelée*, lui répondit Simonetta devinant de quoi parlait Paule.

– *Moi, je lui ai dit qu'en fait, elle n'avait pas vu le chemin.*

– Mais pourquoi être restée dans la cave de ma grand-mère ?

– *Je voulais fuir cette maison. Il y a eu tellement de violences. J'étais dans la cave avec Suzanne quand ils sont venus me chercher. Je l'aidais à entreposer des pommes de terre. Vos arrière-grands-parents étaient partis dans les villages voisins pour y apporter des bêtes. Ils n'ont pas pu empêcher qu'ils prennent Suzanne. Ils étaient venus surtout pour moi et Suzanne s'est interposée alors ils l'ont emmenée.*

– Où était Hans Matthias ?

– Il était resté aux Hays et m'attendait. Il était toujours là quand ils m'ont ramenée chez moi. Il a tenté de me défendre, mais ils ont réussi à avoir le dessus sur lui. Toute cette journée n'a été qu'une boucherie. Il était tellement beau ! Aussi beau que ton amoureux, s'enthousiasma Simonetta en faisant allusion au Docteur Morgenstern. *Et il était si doux, si gentil et très cultivé aussi. Quand il est arrivé en France, il avait laissé une mère et trois sœurs ainsi qu'un petit frère en Saxe. C'est pour cela qu'il aimait bien Briac et Suzanne, parce qu'ils lui rappelaient la famille qu'il avait laissée. Il n'aimait pas cette guerre. « On tue quand on se défend, disait-il, ici je n'ai rien à défendre à part toi ». C'est pour moi qu'il a refusé de retourner au front. Il savait quel sort lui serait réservé, il voulait juste m'épargner. Il portait simplement le mauvais uniforme.*

Simonetta s'arrêta.

– Ils l'ont battu devant moi et ils m'ont violée devant lui. Après, je ne sais pas. Je me rappelle son visage tuméfié, couvert de sang. Je me rappelle qu'il m'a appelée quand ces hommes m'emmenaient dans le grenier. C'était tellement facile. Quatre contre un. J'ai eu si mal, si mal. C'est une douleur que tu n'imagines pas. Ils n'ont pas arrêté. Le pire est que je voulais mourir, mais que la mort ne venait pas. J'ai terriblement souffert ; je ne sais pas s'il existe des mots suffisamment forts pour définir la douleur, la terreur et la souffrance. Quand j'ai vu la corde, j'ai éprouvé du soulagement. Et quand la douleur a disparu, j'ai su que j'étais enfin morte. Je me rappelle avoir regardé mon corps pendre à la poutre, je me rappelle m'être précipitée dehors pour retrouver Hans Matthias, mais la cour était vide. Je l'ai appelé encore et encore, mais en vain. Je n'ai pas vu son corps, je n'ai

pas vu son âme. Je ne sais pas où il est ! J'ai tellement peur qu'il ne soit pas... J'ai erré pendant longtemps avant de retrouver Suzanne. Quand je l'ai vue et que j'ai compris ce qu'elle avait subi, quand j'ai vu le maire revenir de nouveau, j'ai hurlé, mais on ne m'a pas entendue.

Simonetta regarda Paule.

– Toi. Toi, tu m'as entendue. Ça m'a effrayé. Ça m'a effrayé que tu voies mon état, que tu décrives à Suzanne ce que tu avais vu et que tu réveilles ce qu'elle avait laissé endormi. Mais tu n'as rien dit.

– Ce souvenir est encore flou, mais je crois que je savais que grand-mère ne comprendrait pas. Pourquoi a-t-elle gardé l'enfant ?

– C'était le chaos ici, elle n'aurait pas trouvé de faiseuse d'anges. Et puis quand elle s'est rendu compte qu'elle était enceinte, c'était trop tard. J'étais la seule à pratiquer des avortements. J'aurais préféré qu'on me tonde pour cette raison plutôt que parce que j'étais tombée amoureuse d'un Allemand. Mon père était médecin, il m'a appris beaucoup de choses pour que je puisse me débrouiller en tant que femme. Quand la guerre a commencé, les exactions ont débuté elles aussi. Sans compter les amours clandestines dont il fallait cacher les conséquences. Tu sais, ajouta-t-elle amère, certaines des femmes qui étaient en bas de l'estrade ont bénéficié de mon aide et pourtant ce jour-là, elles n'ont pas hésité à m'humilier.

– Je ne sais pas comment je vais réagir la prochaine fois que je verrai oncle Raymond, dit Paule comme perdue dans ses pensées.

– *Comme d'habitude* ! s'exclama Auguste. *Il n'y est pour rien !*

– *Il a été un bon fils*, compléta Simonetta, *Suzanne ne l'a jamais aimé, mais elle s'est occupée de lui. André a été un très bon père. Ce serait injuste que tu changes d'attitude. C'est un homme bon et il s'occupe très bien de toi.*

– Tout cela est tellement surréaliste. Je devrais souffrir non ? Et j'ai l'impression d'avoir toujours su. Je crois… je crois que je me sens apaisée. C'est débile.

– *Bon, c'est pas tout ça, mais moi j'ai faim* !

Paule, interloquée, regarda Auguste.

– *Je dis juste qu'il est temps de rentrer.*

– *Auguste a raison.*

Paule resta encore un instant assise puis se décida à repartir pour Dijon. Au moment de monter dans la voiture, il y eut un instant d'embarras entre eux trois.

– Je ne sais pas si vous allez être d'accord, débuta mal à l'aise Paule, mais j'ai demandé au notaire de Pierre de Bresse de chercher le propriétaire de cette maison pour pouvoir l'acheter. Et comme c'est vous… Je voulais juste que vous le sachiez.

Simonetta s'approcha de Paule et dans un geste rempli d'affection la prit dans ses bras. Mais elle passa à travers.

– *Oui, non, mais c'est chiant*, commenta Auguste qui voulait cacher sa propre émotion.

Simonetta leur fit signe de la main jusqu'à ce que la voiture disparaisse au tournant de la forêt. Ce soir-là, quand elle reprit possession de sa maison, l'atmosphère en était changée. L'espoir, le tout petit espoir enfermé dans la boîte de Pandore, venait de pointer le bout de son nez.

– Vous êtes sûre de vouloir ouvrir cette enveloppe ce soir ? Il est très tard et on a eu une journée plutôt bien remplie !

– Je veux savoir ce que le Général a à me dire.

« Ma petite Paule,

Si tu lis cette lettre, c'est que tu es allée au bout de tous les dossiers et que, désormais, tu sais. Je n'ai pas de mots pour te dire, pour excuser ma lâcheté. Car, j'ai beau retourner le problème dans tous les sens, ce n'est que de la lâcheté. D'aucuns diraient que j'avais l'obligation d'obéir aux ordres, que j'avais d'autres priorités, que c'était le chaos, que la république comptait avant tout, mais dans la réalité je n'ai pas su affronter la situation. J'aurais dû me battre pour Suzanne. Me battre pour toutes les femmes qui ont subi la violence dont elle a été victime, mais je n'ai même pas essayé, j'ai renoncé parce que le combat pour la liberté passait avant tout. Je crois, surtout, que j'ai fait comme la majeure partie des gens de l'époque, j'ai considéré que c'était un dommage collatéral de la guerre, que je n'y pouvais rien, qu'intervenir ne changerait pas la situation et que ta grand-mère n'était qu'une victime parmi tant d'autres et que ce n'était pas mon problème. C'était la guerre me suis-je dit, qui puis-je ? Sauf que ça n'a rien à voir avec la guerre. Ce n'était pas un acte de guerre. C'était un crime pur et simple. J'avais enfermé cette histoire au fin fond de ma mémoire. C'est ta rencontre après la messe à Neublans qui a tout réveillé. C'est surtout que je n'ai jamais pu oublier le regard de ta grand-mère quand elle m'a reconnu. La colère de ton arrière-grand-mère, la résignation de ton arrière-grand-père et la douleur de cette gamine de seize ans m'ont sauté au visage ce jour-là. Je n'ai plus jamais dormi sereinement. Parce que pour la première fois depuis cette année, j'ai eu honte. Alors je me suis dit qu'il fallait que je me rachète. Tes études ont été cette opportunité. Oh ! Je sais que je n'ai pas effacé le crime ni la souffrance, mais j'essaie de me convaincre que ta réussite est LE cadeau que j'ai pu faire à Suzanne dont l'avenir avait été détruit en un après-midi. Les heures sombres de notre pays sont tues parce qu'on veut des héros, parce qu'on veut se convaincre que les Français n'ont fait que subir. Oubliant qu'ils ont fait subir. En France, en Allemagne, j'ai gardé toutes les preuves, tous les faits pour que cette histoire ne tombe pas dans l'oubli. Je suis un lâche parce que je me suis arrangé pour que tous ces documents te parviennent une fois que je serai mort, une fois qu'il ne me sera plus possible d'affronter ta colère. Je n'aurais jamais eu le courage, malgré toutes mes médailles, de te regarder en face et de tout avouer. Je porte bel et bien le grade de général, mais je doute d'en avoir l'honneur. Essaie juste de me pardonner un peu, essaie de garder de moi un souvenir amical. Je ne veux pas que tu croies que ton entrée dans notre famille n'a été qu'un calcul pour laver ma culpabilité. J'ai eu l'opportunité de me racheter, je le reconnais, mais je reconnais aussi que je me suis profondément attaché à toi et à Ernest. Je sais le bien que tu as fait à Aliénor et à Gabrielle. Je te laisse décider de ce que tu feras de toutes ces informations et de ce que tu en diras. Je te laisse peut-être un fardeau et je m'en excuse. Je voulais juste que tu comprennes. Sache que ton affreux jojo d'Ernest et toi, vous me manquez déjà.

Philémon de Plessis du Charme »

Les larmes de Paule coulaient le long de ces jours tandis qu'elle posait la lettre et se mettait à fixer le vide devant elle.

– Je ne sais pas ce qui est le pire : leur silence ou apprendre la vérité. Cela dit, poursuivit-elle, j'ai l'impression de l'avoir toujours su. C'est étrange. Je ne suis ni en colère ni triste, juste fatiguée.

– *Vous avez sans doute obtenu des réponses aux questions que vous vous posiez depuis très longtemps sans les avoir formulées directement.*

– Vous croyez que c'est possible ? Avoir toujours su sans savoir ?

– *Je ne suis pas psy, mais je suppose que c'est une possibilité. De toute façon, il faut tout de même reconnaître que vous êtes spéciale. Alors peut-être avez-vous une sensibilité qui vous permet de percevoir l'indicible. Ou alors votre famille a joué au Petit Poucet et depuis votre enfance vous suivez des petits cailloux sans savoir jusqu'où ils vous mènent.*

Paule se contenta de soupirer et éteignit. Elle passa sa semaine dans un état second que chacun mit sur le compte de préoccupations liées à son travail. Chloé fut la première à interrompre cet état quelque peu cotonneux. Elle débarqua en fin de semaine totalement hystérique au bureau de Paule. Obligeant cette dernière à la suivre jusqu'au garage où elle fut placée devant une carcasse de voiture.

– Tadaaa ! chantonna une Chloé quasi incontrôlable.

Ne sachant comment réagir, Paule chercha du regard l'aide de LaSouris.

– C'est votre future voiture, lui chuchota-t-il à l'oreille.

– *Mais ce sont des comiques ! C'est une épave* ! lâcha Auguste totalement stupéfait.

– Euh... C'est... Je ne trouve pas les mots.

Auguste était hilare.

– C'est Sylvain qui l'a trouvée ! C'est une affaire fantastique ! Bon, d'accord ça va me prendre du temps, mais à trois, on devrait arriver à vous faire ça pour la fin d'année !

– Arriver à faire quoi exactement ?

– Mais c'est votre voiture !

– Ma voiture...

– Vous ne croyez tout de même pas que vous allez continuer de rouler en 4L fourgonnette !

– Mais j'ai la 403 !

– Non, mais, vous n'êtes pas bien ! Ça, c'est une 203. Une Peugeot 203, 1957. C'est une pure merveille ! Tenez, regardez !

Chloé présenta alors la photographie d'une 203 à Paule qui resta ébahie.

– Mais c'est une voiture magnifique !

– Ah ! Quand même ! J'ai cru que vous la trouviez moche !

– Ce n'est pas que je la trouve moche, Chloé, c'est que j'ai un peu de mal à faire le lien entre ce que j'ai devant les yeux et le résultat final.

– Ouais, c'est vrai que vous n'êtes pas de la partie. Alors vous êtes contente ?

– Chloé, je suis ravie, vraiment ravie.

– Ça ne vous dérange pas qu'elle soit rouge ?

– Chloé, je la trouve magnifique. Et si vous réussissez l'exploit de lui rendre vie, c'est le succès assuré.

– Sylvain dit la même chose. D'ailleurs, on pensait prendre en photo les différentes étapes de réalisation pour les mettre sur le site du futur garage afin de montrer aux gens ce qu'on est capables de faire.

– Monsieur Beaufort a une idée de génie. Je vous fais confiance et je suis sûre que vous réussirez un beau miracle.

Ils furent rejoints par le propriétaire du garage qui s'extasia lui aussi devant la découverte de Sylvain Beaufort. C'était un défi que tout le monde était prêt à relever parce que ce dernier allait offrir une nouvelle vie au garage de la rue des Aubépines. Le notaire de Pierre de Bresse joua aussi son rôle en appelant Paule le vendredi soir pour lui dire qu'il avait trouvé le propriétaire de la maison des Hays.

– Cela n'a pas été très simple, mais ma secrétaire et moi avons été très efficaces. Je suis passé voir la maison et je suis allé à la mairie, puis après, je me suis adressé à la chambre départementale des notaires qui a trouvé le nom de celui qui avait probablement dû gérer les ventes successives de cette maison puisqu'elle se trouvait dans sa « circonscription ». La première propriétaire que nous avons trouvée était une certaine Simonetta Vespachi. Une Italienne qui a disparu de la circulation en 1944. Je suis donc parti de cette année et de cette jeune femme pour retrouver des éventuels descendants ou une confiscation de la maison. Je me suis pensé que ça avait pu être possible dans la mesure où l'année 44 était quelque peu chaotique. Mais en fait, j'ai découvert, enfin la chambre départementale a découvert, que la maison avait été vendue début 1945 à Blanche de Montoire. Et il se trouve qu'elle habitait en face de chez votre grand-mère !

On sentait, au son de la voix, la jubilation du notaire. Paule demeura silencieuse.

– Allô ? Vous êtes toujours là ?

– Oui, pardonnez-moi, je réfléchissais. Je ne m'attendais pas du tout à ce que ce soit la Générale qui soit la propriétaire.

– Vous la connaissez ? Vous semblez déçue ?

– C'est que… C'est que la Générale a un fils que je connais très bien et des petits-enfants. Je doute qu'ils acceptent de me vendre la maison.

– Je ne vois pas le rapport, et de toute façon vous ne saurez pas tant que vous n'aurez pas posé la question. Voulez-vous que nous prenions rendez-vous avec Madame de Montoire ?

Paule eut une hésitation qui cessa lorsqu'elle vit Auguste faire de grands gestes pour l'inciter à accepter la proposition.

– Oui, Maître. Je pense que nous pouvons prendre rendez-vous avec la Générale. Je préviendrai le colonel de notre démarche de façon à ce qu'il soit également présent. La Générale est une femme âgée, je ne voudrais pas qu'il pense que j'abuse de sa faiblesse, justifia-t-elle.

– Je comprends tout à fait, je vous laisse l'appeler et moi, je prends contact avec la Générale.

– Elle est à la maison de retraite de Pierre de Bresse.

– Parfait. Dès que j'ai la date de rendez-vous, je vous l'envoie.

Paule raccrocha sans vraiment bien comprendre tous les tenants et les aboutissants de cette information.

– *Ben maintenant, on comprend les liens entre tout le monde*, dit Auguste faisant les cent pas.

– Mais le lien avec les de Plessis du Charme, je veux bien, mais avec la Générale, je ne vois pas.

– *Nous n'avons donc plus qu'à attendre le rendez-vous.*

Ils n'attendirent pas très longtemps. Le notaire appela lundi la maison de retraite et mardi, rendez-vous était pris.

La Générale attendit avec une très grande impatience l'arrivée de Paule ; elle était tellement impatiente qu'elle se mit à l'attendre à l'entrée du parc. Quand elle la vit descendre de sa voiture, elle se précipita vers elle. Son regard était fiévreux et angoissé. Paule la regarda et lui sourit avec beaucoup de tendresse.

– Je suis tellement désolée ! Tellement ! Ne pourras-tu jamais me pardonner ?

– *Mais qu'ils sont chiants avec leur pardon* ! jura Auguste. *On ne comprend rien* !

– Que dois-je vous pardonner ? demanda doucement Paule.

– Mon père. Suzanne.

Un voile tomba devant les yeux de Paule. Tout avait enfin un sens. L'intérêt que la Générale lui portait, l'intérêt des de Plessis du Charme, le lien entre les deux familles. Tout se rapportait à Suzanne et à son viol. Paule comprit alors que le père de la Générale était le maire de Neublans. Le violeur de sa grand-mère. Le géniteur d'oncle Raymond. Elle fixa la vieille dame, se rappela que Briac Altan lui avait dit que la fille du maire s'était battue pour Suzanne, se rappela la gentillesse de la Générale quand elle était enfant, son attitude gênée devant sa grand-mère, son soutien pendant toutes ces années et finalement, elle l'a pris dans ses bras. Le pardon était donné. La Générale s'y abandonna en pleurant. Le notaire qui était arrivé entre-temps ne savait quoi faire de ses deux bras. Il attendit patiemment que les deux femmes terminent leurs retrouvailles auxquelles il ne s'attendait pas. En les voyant ainsi enlacées, il eut la conviction que la vente de la maison ne serait qu'une simple formalité. Et en cela, il avait parfaitement raison. Même le colonel qui ignorait que la maison faisait partie de son patrimoine n'eut aucune difficulté à accorder la vente à Paule. Il fut plus difficile de faire comprendre à la Générale que cette maison qu'elle avait achetée pour Paule ne pouvait lui être donnée, mais devait lui être vendue. Il fallut le calme du notaire et la main chaude de Paule dans la sienne pour faire comprendre à la Générale qu'elle n'avait pas le choix, qu'elle ne pouvait pas donner un bien appartenant à son patrimoine. On décida donc de vendre à Paule au prix le plus faible qui soit « mais pas trop non plus, de façon à ce que vos petits-enfants ne portent pas plainte contre Paule pour sous-estimation de biens ». Le colonel qui n'avait pas compris pourquoi sa mère avait acheté la maison – et qui se contrefichait de savoir pourquoi elle l'avait fait – se demandait juste pourquoi ne lui en avait pas parlé.

– Parce que je voulais la maison pour Paule, fut la seule réponse qu'il obtint.

Il n'insista absolument pas, trop content à l'idée qu'elle puisse de nouveau venir dans le Jura régulièrement. Il prit un rendez-vous avec le notaire pour estimer la maison dans le courant de la semaine et en fin de soirée appela Justin pour qu'il se libère ce jour-là avec Francis afin d'aider à jauger des travaux à effectuer. En quittant la Générale en fin d'après-midi, Paule laissait aux mains des soignants une femme âgée, souriant comme une enfant et reprenant goût à la vie.

– Vous comprenez, raconta-t-elle d'une traite à l'infirmière qui la raccompagnait dans sa chambre. Cette maison, c'était pour elle. Maintenant, elle va pouvoir s'y installer. Le seul problème, c'est que je ne me rappelle plus où j'ai mis la clé.

L'infirmière ne comprit strictement rien, elle constata simplement que sa patiente était redevenue gaie et avait les yeux qui pétillaient. Paule quitta un notaire qui n'avait pas compris toute l'histoire, mais qui était satisfait parce qu'il savait que c'était une fin heureuse. Il avait un côté fleur bleue et était fort content de lui-même. Paule s'arrêta aux Hays pour annoncer la nouvelle à Simonetta.

– J'espère que ça ne vous embête pas trop, dit-elle soudain inquiète.

– *Ne l'écoutez pas, elle dit souvent n'importe quoi,* maugréa Auguste.

– *Je suis heureuse que cette maison te plaise. Et je suis contente que ce soit la Générale qui l'ait sauvée. Est-ce que tu veux visiter ?*

– Je veux bien, mais la Générale ne sait pas ce qu'elle a fait de la clé.

Simonetta éclata de rire.

– *Et si je te dis que la porte est ouverte.*

– *Non, mais je rêve ! La porte est restée ouverte* !

Auguste n'en revenait pas.

– *On aurait pu visiter bien plus tôt* !

Prudemment, Paule poussa la porte. Elle résista un peu, mais finit par céder sous la pression. Une odeur de moisi, d'humidité, de rance, de poussière, tout cela mélangé prenait à la gorge. Elle laissa ses yeux s'habituer à la pénombre et avança prudemment. La pièce centrale était vide : des carreaux brisés jonchaient le sol et tenaient compagnie à la poussière tandis que, çà et là, on trouvait des débris de meubles. Les tommettes crissaient sous les pas révélant ainsi la présence de verre brisé. À la gauche de Paule se trouvait la cuisine, maculée ainsi que le cellier dont l'ensemble des étagères avait été jeté au sol. À droite de la pièce centrale, se trouvait un petit couloir donnant accès à une chambre à gauche et à une salle d'eau à droite. Les taches sombres sur le carrelage ne laissaient aucun doute sur leur origine. Un escalier au fond du couloir donnait accès à l'étage. Ce dernier était composé d'un très long couloir qui desservait un ensemble de pièces à gauche et à droite et menait au grenier. On trouvait des chambres et une salle d'eau, toutes dévastées. Les agresseurs de Simonetta avaient tenté d'effacer toute trace d'occupation de cette maison, toute trace du bonheur qui l'avait unie à Hans Matthias. Arrivée au fond du couloir, Paule poussa la porte du grenier. La chaleur cumulée associée à l'odeur du foin s'échappa. Le grenier était aussi grand que la partie centrale. Le vaisseau était majestueux, fait de poutres centenaires, de solives aussi solides qu'un roc. Paule avança lentement laissant traîner son regard et appréciant chaque élément. Respirant l'odeur du passé. Simonetta resta un peu en retrait notamment lorsque Paule se rapprocha de son lieu d'exécution. Il n'était pas difficile de deviner que c'était là qu'elle avait été pendue : le sang séché, le crochet et le reste de corde étaient les témoins de la violence dont elle avait été victime. Paule ne posa pas de questions, mais chercha la main de Simonetta. Ils restèrent ainsi un long moment jusqu'à ce qu'un bruit se fasse entendre.

– Qu'est-ce que c'est ?

Ils se retournèrent, mais ne virent rien. Pourtant, le bruit recommença.

– *Là-haut* ! cria Auguste indiquant une poutre.

Une chouette effraie s'agitait dérangée dans son sommeil. Les trois visiteurs se figèrent ne sachant trop comment agir. Paule fut littéralement absorbée par le regard du rapace posé sur elle.

– Elle est magnifique !

– *Oui, enfin, ça fout les jetons quand même* !

– Auguste ! C'est ridicule, vous êtes mort.

– *Et pis ? Une chouette effraie, ça s'appelle pas comme ça pour des prunes* !

Doucement, Paule s'approcha plus près.

– *Ne la faites pas s'envoler, on ne sait jamais.*

– Ce que vous êtes trouillard.

– *Trouillard ? Moi, trouillard ? Moi le grand Auguste Marchenoir* !

– Je vais la prendre en photo. Auguste, poussez-vous vous êtes dans le champ de vision.

– *Alors là*, j'abandonne, fit-il en regardant Simonetta qui souriait, *non, mais, franchement Paule, on ne me voit pas, alors on ne va pas me voir sur une photo* !

– On sait pas.

Elle sortit avec moult précautions son portable et se positionna pour prendre la photo.

– Je peux te prendre en photo ?

– *Je rêve, vous lui demandez l'autorisation* !

– Normal.

– *Paule ! C'est une chouette ! Une chouette !*

– Et alors ? Le droit à l'image, c'est pas pour les ploucs.

– *Oh ! Seigneur ! Elle est totalement givrée* !

Simonetta s'était également approchée et admirait le rapace. Un bruit se fit entendre.

– Euh, je viens de marcher sur quoi ?

– *Sur une couleuvre. Presque morte.*

Paule sursauta ce qui réveilla définitivement la chouette qui s'envola.

– Oh mince !

– *À mon avis, ne vous inquiétez pas, vu les déjections, les cadavres de bestioles qu'il y a partout, je pense que c'est son lieu d'habitation. Elle va donc revenir.*

– J'espère. Je ne voudrais pas la chasser de chez elle.

– *En même temps, quand elle va rencontrer Émeraude, elle va se dire que vous êtes suffisamment cinglée pour supporter sa présence.*

Avril.

– Alors si vous m'expliquiez pourquoi je suis là ?

LaSouris se tenait au centre de la cour de la maison des Hays et regardait Paule.

– Si vous deviez tuer quelqu'un, ici, que feriez-vous du corps ?

Cette question trottait dans la tête de Paule depuis quinze jours, la décidant à demander à LaSouris de l'accompagner. Il ne s'offusqua même pas qu'elle lui posât la question.

– Dites-m 'en plus.

– On est en 1944. Vous êtes un résistant de la dernière heure, un soldat allemand habite cette maison. Il y vit avec une Italienne et malgré l'époque, ils étaient heureux tous les deux.

– Pour quelle raison dois-je le tuer ?

– Vengeance.

– Qu'a-t-il fait ?

– Rien. Il est juste aimé d'une femme que vous désirez.

– Je vois. Il est mort dans cette cour ?

– Je le suppose. En tout cas c'est là que Simonetta l'a vu pour la dernière fois.

– Pourquoi voulez-vous retrouver le corps ?

– Pour l'enterrer aux côtés de Simonetta. Sa tombe est au fond du jardin. Il a droit à une sépulture.

– OK. Donc quand je le tue, je suis ici ?

– Oui.

– Je suis tout seul ?

– Non, vous êtes quatre, mais deux de vos camarades sont occupés à se venger sur Simonetta.

LaSouris regarda longuement Paule.

– Je vois. Ce que je ne comprends pas, c'est pourquoi j'aurais besoin de cacher le corps. C'est un Allemand, je défends mon pays.

– Oui, mais vous le tuez sans jugement et sans avoir fait partie d'un réseau ou du maquis. Vous n'avez pas de justification.

– Ce n'est pas très cohérent. Quand bien même n'aurais-je pas à justifier mon geste, personne ne m'en voudrait.

– Je sais. Je ne comprends pas plus que vous sauf que je ne sais pas où est le corps.

LaSouris observa la cour.

– Rien n'a changé ?

Paule eut un geste de dénégation.

– Donc, je décide de tuer un soldat allemand parce qu'il couche avec une femme avec laquelle j'ai envie de coucher. Je me comporte comme un soudard, je le frappe, je l'humilie et je le tue. Quelque chose me dérange donc je décide de cacher le corps pour cacher mon crime. Parce que je sais que c'est un crime et que du coup je ne deviendrai pas un héros.

LaSouris parlait à haute voix pour lui-même. Il fit le tour de la cour en marchant, buta contre quelque chose et découvrit une construction en pierre cachée par la végétation. Il s'agissait d'un puits.

– Votre soldat, il est là-dedans.

– Impossible, fit Paule constatant que le puits était scellé.

– C'est la seule possibilité. Dans la forêt, on aurait trouvé le corps. Laisser le cadavre en évidence aurait rappelé le crime. Le seul endroit possible, c'est le puits.

– Mais, ils n'auraient pas eu le temps de mettre la pierre ?

– La pierre de meule devait être posée quelque part à proximité. Ils n'ont pas besoin de la poser tout de suite, il leur suffit de jeter le corps au fond du puits, personne n'ira vérifier.

– Mon arrière-grand-père l'aurait vu. Il est venu récupérer le corps de Simonetta pour l'enterrer.

– Paule, votre arrière-grand-père n'avait aucune raison de chercher dans le puits. Il cherchait le corps d'une femme, pas celui d'un soldat.

– Alors, il faut ouvrir.

– Doucement, Paule. C'est un cadavre qui se trouve là-dedans. Si vous ouvrez, vous ouvrez la boîte de Pandore.

– Je ne comprends pas.

– Je résume : gendarmerie, enquête, médecine légale. L'État voudra savoir qui il est, pourquoi il est là et comment vous le savez. Tout ce qui a trait à son histoire sera révélé au grand jour.

– Pourquoi au grand jour ?

– Paule, vous croyez que la découverte d'un soldat allemand mort dans un puits va passer inaperçue ? Écoutez. Laissez-moi réfléchir, ne faites rien. Montrez-moi simplement la tombe de la jeune femme.

Elle le conduisit jusqu'au fond du jardin vers le seul endroit désherbé.

– Vous avez une pelle ?

– Euh, non.

Il se dirigea vers la bâtisse en tôle et tira la porte.

– Alors là, j'en connais une qui va vous adorer.

Il sortit la carcasse d'un vélo datant du Néolithique.

– *Mon vélo* ! s'écria Simonetta toute contente la découverte.

– Chloé ?

– Apportez-lui cette offrande et elle va vous élever un temple.

– Vous croyez que... Oh et puis merde, oui, je vais lui confier, ça me fera un vélo ici.

– Ici ?

– Oui. Je vais racheter cette maison.

– Je vous aime beaucoup Madame Maréchale de Saint-Jean, dit-il en l'embrassant sur le front. Bon, s'il y a cette antiquité, il y a de la chance que je trouve une pelle.

– *C'est tout de même mon vélo qu'il traite d'antiquité* ! s'insurgea Simonetta faisant sourire Paule.

LaSouris dégagea du capharnaüm qui se présentait devant lui une pelle à tête creuse. Il dégagea une mode de terre qu'il tritura.

– On pourra le mettre là, la terre est malléable.

Elle le regarda avec une pointe d'admiration et beaucoup de reconnaissance. Ce qui le fit rougir quand il s'en aperçut.

– *Ce type est aussi cinglé que vous ! On lui parle de tuer quelqu'un et il répond comme s'il en était capable, genre tout est normal. Ce type est givré.*

Mai

– Allez, poussez !

Honoré, LaSouris et les deux légionnaires serbes s'affairaient autour du puits. Ils avaient décidé de donner une note positive à cette histoire sordide et sans rien demander, ils avaient accepté d'entrer dans l'illégalité et sortir Hans Matthias du puits.

– Ça y est ! Posez !

Une odeur insoutenable se propagea obligeant les hommes à reculer.

– *Il est dedans*, confirma Auguste qui se tenait au-dessus du puits découvert.

Paule et Simonetta furent à la fois tristes et soulagées. Honoré vérifia la solidité de la potence, y attacha une corde à laquelle LaSouris s'enroula et lentement les trois hommes le firent descendre. Paule tenait la lampe mettant en lumière pour la première fois depuis 1944 le squelette habillé dans son uniforme. L'un des Serbes lança à LaSouris un linge que ce dernier fit glisser sous le corps. L'opération avait été minutieusement préparée par les quatre hommes. Habitués des charniers, ils avaient cherché le meilleur moyen pour remonter le corps sans le casser. Glisser un linceul sous le squelette avait été le meilleur choix. Restait à bien l'installer et l'enserrer solidement. L'opération dura une éternité, mais lentement, Hans Matthias remonta vers le monde des vivants. Délicatement, il fut attrapé et posé à même le sol.

– *Paule*, quémanda Simonetta, *je voudrais le voir*.

– C'est pas une bonne idée, répondit le soldat quand elle formula la demande, les têtes de squelette, c'est beau dans les livres, sur les peintures, mais pas en vrai. Laissez-nous faire, on va le préparer.

Elle se rendit à l'évidence et partit dans le fond du jardin. Les légionnaires défirent le linge et reconstituèrent le corps de façon à le placer à l'intérieur du cercueil improvisé. La seule chose qu'ils lui retirèrent fut sa plaque de soldat qu'ils donnèrent à Paule. Hans Matthias fut conduit près de Simonetta et son cercueil fut glissé avec précaution dans le trou préparé à cet effet. Le commandant, en uniforme d'apparat, venait d'arriver sur les lieux accompagné de la Générale. Paule prit le bras de la vieille dame et laissa le commandant œuvrer.

« Hans Matthias Friedenhof était originaire de Saxe. Fils d'un maréchal-ferrant, il s'engagea dans la Wehrmacht pour l'honneur de son pays. Une fois arrivé en France, il comprit qu'il ne défendait en réalité que les désirs d'un homme assoiffé de grandeur, prêt à sacrifier son peuple pour une folle idéologie. Hans Matthias a toujours agi selon son cœur. Par son courage, il a su affronter la barbarie nazie en ne dénonçant jamais le petit Briac Altan, seize ans ; en protégeant Suzanne et Simonetta lors de leurs déplacements ; par son humanisme, il soigna des blessés venus chercher refuge dans cette maison ; il ferma les yeux sur les familles juives qui passaient le Doubs. Il se sacrifia pour la femme qu'il aimait plus que tout. Pour tout cela, Hans Matthias, la France vous est reconnaissante. Vous laissez derrière vous une famille éplorée, mais aujourd'hui vous retrouvez votre mère, vos sœurs et votre frère que la guerre n'a pas épargnés et surtout Simonetta à laquelle vous êtes à jamais uni. Puissiez-vous désormais dormir en paix. »

Le commandant ordonna « aux morts » et les cinq hommes saluèrent le soldat. Paule et la Générale pleurèrent à chaudes larmes devant les deux tombes. Simonetta, quant à elle, ressentit une immense paix. Soudain, dans le silence, la voix de baryton d'Auguste entonna la Marseillaise reprise par Paule, puis par les autres soldats. Une chose était sûre : aucun d'entre eux n'oublierait jamais ce moment d'intense émotion. Ils s'éloignèrent enfin de la tombe et restèrent un instant sans savoir quoi faire.

– Madame Maréchale de Saint-Jean, osa timidement Honoré, je sais que pour vous le moment est mal choisi, mais nous avons un rituel. En général, on termine ce genre de cérémonie par un bon repas.

– C'est une excellente idée !

– Vraiment ? s'assura-t-il plein d'espoir.

– Oui.

– On a apporté pour faire un barbecue.

– Et bien, vous n'avez plus qu'à le faire !

Honoré interpella les deux Serbes qui se précipitèrent en courant vers leur camionnette. Le commandant restait un peu en retrait.

– Merci, ce que vous avez dit était magnifique.

– Paule, quel est le lien avec papa ? Cela me torture.

– Il n'a pas pu empêcher la mort de Hans Matthias ni punir les coupables. Il s'en est toujours voulu.

– Mais Paule ! C'était la guerre !

– Pas pour votre père. Pour votre père, c'était un crime inexcusable. Ils auraient dû être jugés.

– Mais quel est le lien avec toi ?

– Ma grand-mère était une amie de Simonetta.

Le commandant regarda Paule et la remercia.

– On commence par quoi ? Les saucisses ou les côtelettes ?

– Les saucisses ! répondit la Générale assise sur un fauteuil de fortune.

– C'est parti ! Saucisses pour la Générale.

LaSouris dressa la table et commença à servir l'apéritif.

– Tu vas être bien ici, lui dit la vieille dame. Je suis heureuse que tu m'aies demandé de venir. J'ai l'impression de ne plus être coupable.

– Vous ne l'avez jamais été. Jamais.

– Je pense que Suzanne était d'un autre avis.

– Ma grand-mère ne m'aurait jamais laissée aller chez les de Plessis du Charme si elle avait ressenti de la rancœur. Je crois qu'elle a effacé le passé pour mon propre bonheur.

Le colonel surgissant tout un coup s'interrompit dans son élan en voyant les préparatifs du barbecue.

– Oh ! Pardon ! À la maison de retraite, ils m'ont dit que le commandant était passé te chercher, je me suis douté que c'était pour venir ici.

– Tu as l'air tout affolé, s'inquiéta la Générale.

– Oui ! Je reviens du cimetière ! La tombe de grand-père a été profanée !

– De quoi parles-tu ?

– Le curé est venu me dire qu'il avait trouvé — le colonel s'interrompit ne sachant comment annoncer la nouvelle — des déjections sur sa tombe.

Un silence accueillit cette information.

– Tu n'as rien remarqué quand tu es allée au cimetière avec Jojo et Titine ? questionna le colonel.

– Absolument rien, affirma Paule.

La Générale se tourna vers la jeune femme, la regarda puis laissa un immense sourire éclairer son visage.

– Des déjections dis-tu ? Il y en avait beaucoup ?

– Alors là oui !

Paule souriait de façon énigmatique.

– *C'est sûr que couper les couilles d'un mort, c'était moins facile*, s'amusa Auguste.

A suivre, Suzy Suzette

MERCI